Christoph von Schmid

Das Lämmchen

Erzählungen für Kinder

Christoph von Schmid

Das Lämmchen
Erzählungen für Kinder

ISBN/EAN: 9783743318267

Hergestellt in Europa, USA, Kanada, Australien, Japan

Cover: Foto ©Andreas Hilbeck / pixelio.de

Manufactured and distributed by brebook publishing software
(www.brebook.com)

Christoph von Schmid

Das Lämmchen

Das Lämmchen.

Eigenthum u Verlag von G J Manz in Regensburg

Das Lämmchen.

Eine Erzählung

für

Kinder und Kinderfreunde.

Von dem

Verfasser der Ostereier.

christoph von Schm

Neue, illustrirte Originalauflage.

Mit Stahlstich und feinen Holzschnittbildern.

Regensburg.

Druck und Verlag von Georg Joseph Manz.

1876.

Erstes Kapitel.

Christine und ihre Mutter Rosalie.

Christine, ein armes Mädchen von etwa zehn Jahren, pflückte in dem Walde Erdbeeren. Es war ein heißer Nachmittag, und an den sonnigten Waldplätzen, wo kein kühlendes Lüftchen hinkam, war es fast zum verschmachten schwül. Ihr leichtes Strohhütchen vermochte nicht mehr den brennenden Sonnenstrahlen zu wehren. Die hellen Schweißtropfen standen ihr beständig auf der Stirne, und ihre Wangen waren wie Glut. Dennoch pflückte sie, ohne aufzusehen, emsig fort. „Denn,“ sagte sie freudig, indem sie mit ihrem weißen Tuche den Schweiß abwischte, „es ist ja

1 *

für meine kranke Mutter. Das Geld, das ich aus den Beeren erlöse, verschafft ihr doch wieder eine kleine Erquickung!"

Gegen Abend ging sie, mit ihrem Körbchen voll Beeren am Arme, durch den Wald nach Hause. Es fing an zu regnen. Immer lauter rauschten die Regentropfen in den Blättern der Bäume, und aus der Ferne her donnerte es sehr stark. Als sie aus dem Walde heraus kam, erhob sich ein Sturmwind; ein heftiger Platzregen schlug ihr entgegen, und an dem glühendrothen Abendhimmel standen dunkle Gewitterwolken, wie Gebirge auf einander gethürmt. Sie suchte sich, fern von den hohen Bäumen, unter niedrigen Haselstauden ein sicheres Plätzchen, stand hier unter, und wartete, bis das Gewitter vorüber wäre.

Allein mit einem Male hörte sie in dem nahen Erlengesträuche ein klägliches Geschrei — fast wie das Geschrei eines kleinen Kindes. Das gute mitleidige Mädchen ließ sich von Sturm und Regen, Blitz und Donner nicht abhalten, nachzusehen, was es doch wohl sein möge? Sie

ging hin — und sieh da! es war ein kleines,
zartes Lämmchen, das vom Regen tröpfelte, zitterte
und nicht wußte wohin. „Ach du armes, armes
Thierchen!" sagte Christine. „Nein, du sollst
nicht umkommen. Komm, ich nehme dich mit mir
nach Hause." Sie nahm das Lämmchen sorg-
fältig in die Arme, und eilte damit, sobald der
Regen nachließ, ihrer kleinen, strohbedeckten Wohnung zu.

„O sieh doch, liebe Mutter," rief sie, so bald
sie in das niedere, reinliche Stübchen trat —
„sieh doch, was ich da gefunden habe! Sieh,
ein wunderschönes Schäflein! O wie glücklich war
ich! Wie will ich es pflegen! Es soll meine ganze
Freude sein!"

„Kind," sagte die kranke Mutter, indem sie
sich in dem Bette aufrichtete und den Kopf auf
die Hand stützte, „du vergissest in deiner Freude,
daß dieses Lämmchen schon seinen Herrn haben
muß. Es ist blos verloren — und da müssen
wir es wieder zurückstellen. Gewiß gehört es
dem reichen Bauern auf dem Eichhofe. Fremdes

Gut sollen wir nicht einmal über Nacht im Hause behalten. Trag' es also heute noch hin."

„Ihr seid nicht gescheidt," rief jetzt eine rauhe Stimme zum offnen Fenster herein; „man muß nicht Alles so genau nehmen!" Der Mann, der  dieses sagte, war ein Maurer, der draußen an der Mauer des kleinen Hauses etwas ausbesserte und ihr Gespräch behorcht hatte. Mutter und Tochter blickten ihn erschrocken an. Er aber sprach weiter: „Macht keine so seltsamen Gesichter! Ich meine es gut. Wir wollen das Thierchen metzgen, und es miteinander theilen. Das Fleisch gibt gerade ein Paar kleine Braten, und das Fellchen ist auch noch einige Kreuzer werth. Der reiche Bauer hat über hundert schöne, große Schafe; ob er das winzig kleine Ding da noch habe oder nicht, daran ist nichts gelegen. Ich will es also geschwind schlachten. Ihr dürft euch dabei nicht fürchten. Es siehts ja niemand. Und mir dürft ihr schon trauen. Ich kann schweigen" — sagte er und warf eine Kelle voll Mörtel an die Wand — „wie eine Mauer."

Christine entsetzte sich über die Reden des Mannes. Der Gedanke, das Lämmchen zu behalten, kam ihr jetzt abscheulich vor. „Ihr habt Unrecht!" sagte sie zu dem Maurer. „Was kein Mensch sieht, sieht doch Gott! Du aber, liebe Mutter, hast Recht — und mich wundert nur, daß mir das, was du sagtest, nicht von selbst einfiel. Ich hätte das Schäflein" — fuhr sie fort und Zähren traten in ihre blauen Augen — „freilich so gern, o so gern behalten! Allein dem lieben Gott müssen wir willig gehorchen." Sie wickelte das Lämmchen in ihre Schürze, und wanderte damit dem Eichhofe zu, obwohl es noch nicht ganz aufhörte zu regnen und die Sonne bereits unterging.

Als Christine auf dem Eichhofe ankam, stand die Bäuerin, mit ihrem kleinsten Kinde auf dem Arm, eben vor der Hausthüre, und die größeren

Kinder standen um sie her. Sie betrachteten an=
dächtig den schönen Regenbogen, der jetzt nach
dem Gewitter in der ganzen Pracht seiner sieben
Farben im schwarzgrauen Gewölke zu sehen war.
„Seht den Regenbogen an,“ sprach die Mutter,
indem sie mit ausgestrecktem Arme darauf hin=
zeigte, „und preiset Denjenigen, der ihn gemacht
hat. In dem flammenden Blitze und dem furcht=
baren Donner zeigt uns Gott seine große Macht

und Herrlichkeit; in
den schönen Farben
des Regenbogens
aber seine Güte und
Freundlichkeit.“

Christine er=
götzte sich bald an
den lieblichen Far=
ben des Regenbo=
gens, bald an den
lächelnden Gesichtchen der Kinder, und schwieg, bis
der Regenbogen verschwunden war. Nun nahm
sie das Lämmchen aus ihrer Schürze hervor, stellte

es auf die Füße, und erzählte, wie sie es gefun=
den habe.

„Das ist ja recht schön und brav," sagte die
Bäuerin freundlich, „daß du noch so spät am
Abend und noch dazu im Regen da herausgehest!
Du bist ein sehr gutes, grundehrliches Mädchen."

„Ja wahrhaftig, das ist sie!" sprach der
Bauer, der jetzt auch zur Hausthüre herauskam.
„So ehrlich und rechtschaffen, wie dieses arme
Mädchen, müßt ihr auch sein und bleiben, meine
Kinder! Besser ists, nicht einmal ein einziges
Schäflein im Vermögen haben, und dabei ehrlich
und redlich sein, als hundert Schafe besitzen, und
dabei ehrlos und unredlich sein. Die Ehrlichkeit,
mit der das arme Kind hier das Lamm zurück
gab, ist ein Schatz im Herzen, der reicher macht,
als eine ganze Schafheerde — und diesen Schatz
kann uns kein Wolf und kein Feind rauben."

Franz, der Knabe des Bauers, lief jetzt zum
Schafstalle hin, und führte das alte Schaf heraus.
Wie da das Junge darauf zusprang und sich
freute! Christine sah das so mit an und sagte:

„Schon um dieser Freude willen, die das arme Thierchen jetzt hat, reuet es mich nicht, daß ich es zurück gab — so lieb es mir auch war, und so gern ich es behalten hätte!"

„Weißt du was," sprach der Bauer, „da du so ehrlich bist und an dem Thierchen eine so große Freude hast, so will ich es dir schenken. Jetzt würde es dir aber nichts helfen. Es kann noch nicht ohne Milch leben und würde elend umkommen. Allein in vierzehn Tagen wird es stark genug sein, sich von Gras und Kräutern zu ernähren — und dann soll mein Franz es dir bringen."

„Gib aber dann wohl darauf Acht!" sagte die Bäuerin. „Es kostet dich nicht viel, es auf= zuziehen. Während du Erdbeeren sammelst oder strickest, kannst du es leicht hüten, und so viel Gras kannst du auch leicht sammeln, und zu Heu auftrocknen, als es für den Winter nöthig hat. Wenn es einst groß ist, wird die Milch dir und deiner Mutter in eurer kleinen Haus=

haltung wohl bekommen, und die Wolle gibt euch jährlich einige Paar Strümpfe."

„Und wenn ihr glücklich damit seid," sprach der kleine Bauernknabe, „so könnet ihr wohl noch gar eine ganze Schafheerde bekommen!"

Christine mußte nun noch mit Brod einge-brockte Milch und ein Butterbrod mit essen — und die gute Bäuerin gab ihr überdies noch ein schönes Stück goldgelbe Butter, das sie in grüne Rebenblätter einmachte, und ein Dutzend Eier mit nach Hause. „Bring das deiner Mut-ter," sagte sie, indem sie ihr die Eier vorsichtig in die Schürze that;

„ich lasse sie freund-lich grüßen und Gott wolle sie bald gesund werden lassen."

Christine eilte voll Freude durch das blumige Thälchen ihrer Hütte zu. Der Himmel hatte sich indeß aufgehellt, und der

Abendstern und ein zartes Streifchen des Mondes, der heute das erste Mal wieder sichtbar war, glänzten freundlich in das Thal. Alle Blumen und Kräuter tröpfelten noch von Regen, und dufteten von Wohlgeruch. Es war Christinen unbeschreiblich wohl um das Herz. „Nach einem Gewitter,“ dachte sie, „sind Himmel und Erde zwar immer schöner; allein so schön und freundlich, wie diesen Abend, sind sie mir doch noch nie vorgekommen.“

Sie erzählte dieses, als sie nach Hause kam, ihrer Mutter. „Siehst du,“ sprach die Mutter,  „das ist's eben, was ich dir immer sage. Es ist die Freude des guten Gewissens. Wenn wir recht thun, so erfüllt süßer Friede unser Herz. Gott gibt uns durch das Gewissen zu erkennen, daß Er mit uns zufrieden sei. O Christine, gib daher der Stimme deines Gewissens immer Gehör, und thu nie etwas anders, als was vor Gott recht und gut ist. Du weißt wohl, wir sind arm und haben wenig in der Welt. Aber laß uns nur ein gutes Gewissen bewahren, so sind wir reich genug, und es fehlt uns nie an Freude — ja die edelste und süßeste aller Freuden ist dann unser."

Christine zählte nun alle Tage, bis sie ihr Lämmchen bekommen würde. Sie hätte auch alle Tage in den Kalender gesehen, wenn sie einen im Hause gehabt hätte. Nun sah sie aber alle Abende nach dem Monde, und ging dann vergnügt zu Bette. „Denn," sagte sie, „wenn er voll ist, bekomme ich mein Lämmchen."

Endlich ward es Vollmond, und der Mond nahm wieder merklich ab — allein das Lämmchen wollte nicht kommen. Christine wartete — und wartete — und hatte bereits alle Hoffnung auf= gegeben. „Ich werde von meinem Schäflein wohl nichts mehr sehen!" sagte sie eines Abends, als sie eben traurig neben dem Bette ihrer Mutter saß. „Habe Geduld," sagte die Mutter; „Ge=

duld bringt Rosen." Und — sieh da ging auf einmal die Stubenthüre auf, und der muntere Bauernknabe trat mit dem Lamme und einem Korbe voll frischen, grünen Futters herein. Christine sprang vor Freude auf, kniete zu dem Lämmchen hin, streichelte es freundlich und sagte: „O wie groß und schön es indeß geworden ist! Ich kenne es ja fast nicht mehr! Und wie die Wolle so schön weiß und zart geringelt ist! O jetzt ist meine Freude erst vollkommen."

„Ich wollte dir das Lämmlein schon vor einigen Tagen bringen," sagte der Knabe. „Allein mein Vater sagte: „Laß es noch eine Zeit da. Es gedeiht dann besser, und wird noch größer und stärker."

„Du und deine Aeltern sind doch recht gut!" sprach Christine. „Wenn ich nur nicht so arm wäre, und dir auch etwas schenken könnte! Allein von der ersten Wolle, die ich von dem Schäflein bekomme, stricke ich dir ein schönes Paar Strümpfe. Du sollst gewiß sehen, daß ich die Wahrheit rede."

Der Knabe ging, und Christine führte das Lamm in den kleinen Stall, der sich im Hause befand, und streute ihm Futter vor. Das Lamm gewöhnte sich bald an sie, und wurde so zahm, daß es das Brod aus ihrer Hand aß, aus ihrem Schälchen Milch trank, und ihr wie ein Hündchen nachlief. Christine durfte nur rufen, so kam das Lamm sogleich daher gesprungen. Wenn nun die Mutter es so mit ansah, was für eine große Freude Christine mit dem Lämmchen hatte, da sagte die Mutter öfter: „Nicht wahr, jetzt reuet es dich doch nicht, daß du mir gefolgt und das Lämmchen zurück gegeben hast?" „O Mutter!" antwortete Christine, „wie mein Lämmlein mir auf den Ruf folgt, so will ich dir immer folgen. Denn ich weiß es ja, du liebst mich doch noch unendlich mehr, als ich mein Lämmchen."

Zweites Kapitel.

Frau von Waldheim und ihre Tochter Emilie.

———

Das Dörflein, in dem Christine lebte, lag unten an einem waldichten Berge. Oben aus den Eichen des Berges ragte ein altes Schloß mit einem großen Thurme hervor. Hier wohnte seit einigen Wochen die Frau von Waldheim. Das Schloß hatte ehemals ihr gehört; allein nach dem Tode ihres Gemahls war es ihr blos zu ihrem Wittwensitze angewiesen worden. Sie hatte sich hier, weil das Schloß etwas vergangen war, einige Zimmer neu eingerichtet, die eine sehr schöne Aussicht hatten, und lebte nun da in ländlicher Einsamkeit ganz der Erziehung ihrer einzigen Tochter Emilie, eines sehr liebenswürdigen Fräuleins von Christinens Alter.

Christine kam, so lange es Erdbeeren gab, beinahe täglich in das Schloß. Fräulein Emilie

kaufte die Beeren von niemand lieber als von
ihr, und nannte sie nur ihr artiges Erdbeermäd=
chen. Denn die Beeren, die Christine pflückte,
waren alle vollkommen reif und roth wie Schar=
lach; die Schale, in der sie die Beeren brachte,
war wiewohl nur von geringem Porzellane, weiß
und rein wie Schnee; und die Reinlichkeit ihrer
Hände und ihres ganzen Anzuges schickte sich
genau zu dem reinlichen Geschirre.

Indessen war Christine acht Tage nicht mehr
in das Schloß gekommen. Emilie, der die Erd=
beeren lieber als alles Zuckerwerk waren, beklagte
sich öfter, daß ihr Erdbeermädchen so lange aus=
bleibe. Eines Morgens kam endlich Christine
wieder in das Schloß. Die Köchin ging in das
Zimmer der Herrschaft, sie zu melden, und Chri=
stine blieb indessen draußen stehen. Emilie kam so=
gleich heraus und sagte: „Warum ließest du mich
denn so lange ohne Erdbeeren? Das ist nicht schön!
Du weißt ja, daß ich immer nur von dir kaufte.
Wenn du so wenig Aufmerksamkeit für mich hast,
so wirst du meine Kundschaft verlieren.“

Christinens blaue Augen füllten sich mit Thränen. „Ach, gnädiges Fräulein!" sagte sie, „meine Mutter ist schon den ganzen Frühling krank. Diese Woche aber war es so schlimm mit ihr, daß ich mir sie nicht eine Stunde zu verlassen getraute. Nur gestern Abends wurde sie ein wenig besser, und da eilte ich heute sogleich mit Anbruch des Tages in den Wald, um wieder einmal einige Kreuzer für sie zu verdienen."

Emilie sprach: „Warum hast du mir aber nicht schon längst von der Krankheit deiner Mutter gesagt? Meine Mutter ist nicht hart gegen die Armen. Sie hätte es euch in dieser Noth gewiß nicht an Unterstützung fehlen lassen."

„O gnädiges Fräulein," sagte Christine, „ich weiß wohl, daß Sie und die gnädige Frau Mutter gegen die Armen sehr gütig sind. Allein meine Mutter sagt: „So lange man sein Brod selbst erwerben kann, muß man Andern nicht zur Last fallen. Es gibt viele Arme, die gar nichts mehr erarbeiten können. Es wäre Sünde, diesen das Brod abzustehlen."

Diese Worte gefielen Emilien sehr wohl. „Warte hier ein wenig!" sagte sie freundlich, und eilte in das Zimmer, mit ihrer Mutter zu reden. Ihre Mutter, die Frau von Waldheim, wollte Christinen sehen. Emilie führte sie herein — und Christine erstaunte nicht wenig über das prächtige Zimmer, die lieblich=grünen mit bunten Blumenkränzen bemalten Wände, den großen Spiegel mit goldenem Rahmen, die zierlichen Schränke und Tische von glänzend braunem Holze, das Kanapee und die Sessel mit grünseidenen Ueber=zügen und den eingelegten, geglätteten Boden. In ihrem Leben hatte sie noch nichts dergleichen gesehen, und es wandelte sie bei dem Anblicke all dieser Pracht eine Art von Ehrfurcht an.

Die gnädige Frau aber, die eben an ihrer Stickrahme saß, ward innig gerührt, als sie das arme schüchterne Kind in seinem dürftigen, aber reinlichen Kleidchen von weiß und roth gestreifter Leinwand, mit seinem gelben Strohhütchen, auf dem ein Sträußchen von Erdbeerkraut voll weißer Blüthen und rother Beeren steckte, mit den hellen

Thränen in den blauen Augen, und der reinlichen Schale voll Erdbeeren in der zitternden Hand so bei der Thüre stehen sah.

„Komm doch näher zu mir her," sagte sie freundlich. „Du darfst dich nicht fürchten." Indem Christine näher trat, erblickte sie ihr Bild im Spiegel. Sie hatte noch nie einen großen Spiegel gesehen; der ihrige zu Hause war nicht größer als ein Taschenkalender. Sie glaubte im ersten Augenblicke, noch ein anderes Erdbeermädchen, das ihr die Kundschaft streitig machen wolle, gehe auf sie zu. Sie blieb verwundert stehen. Am meisten aber erstaunte sie darüber, daß dieses Mädchen gerade so wie sie gekleidet sei, eben ein solches Strohhütchen mit einem Erdbeersträußchen aufhabe, und eben eine solche Schale mit Erdbeeren in der Hand halte.

Indeß merkte sie bald, daß sie sich geirrt habe, und wurde über und über roth.

Frau von Waldheim lächelte über den un= schuldigen Irrthum des armen Kindes und er= kundigte sich auf das liebreichste nach den Umstän= den der kranken Mutter. Christine bekam wieder Muth und gab auf jede Frage eine verständige Antwort. Als sie aber von der Armuth und den vielen Leiden und Schmerzen ihrer lieben Mutter erzählte, konnte sie vor Betrübniß fast nicht mehr reden. Sie schluchzte und reichliche Thrä= nen floßen über ihre Wangen.

„Weine nicht so, liebes Kind," sagte die gnädige Frau; „ich werde für deine Mutter sorgen. Du mußt mir jetzt nur noch sagen, wo ihr wohnet?" „In der letzten Hütte des Dorfes," antwortete Christine. „Sie können aus dem Fenster hier das Strohdach dort zwischen den Bäumen sehen." „Nun wohl," sprach Frau von Waldheim, „das kleine Haus mit den weißen Mauern und dem gelben Dache

nimmt sich zwischen den dunkelgrünen Bäumen sehr
artig aus. Da wohnt also deine Mutter. Und
wie heißt sie denn?" „Sie heißt Rosalie West,"
sagte Christine; „in dem Dorfe heißt man sie
aber gewöhnlich nur die arme Rosalie."

Die gnädige Frau bezahlte hierauf die Erd=
beeren dreifach, und befahl, die Porzellanschale,
in der Christine die Beeren gebracht hatte, mit
der besten Fleischsuppe für die kranke Mutter
zu füllen.

„Das ist ja ein überaus liebes, gutes Kind!"
sagte die Frau von Waldheim zu Emilien, als
Christine fort war. „Ich will nicht einmal et=
was davon sagen, daß sie bei all ihrer Armuth
schon in ihrem Aeußerlichen ein Muster der
Reinlichkeit und Ordnung ist. Allein ihre Liebe
zu ihrer Mutter geht über Alles. Ein solches
Herz voll kindlicher Liebe ist mehr werth, als
ein Diamantstern auf der Brust. O Emilie!
wenn ich einmal — was zu seiner Zeit auch
eintreffen wird — so krank und elend daläge,
wie Christinens Mutter, würdest du wohl auch

so zärtlich um mich besorgt sein, meiner so lieb=
reich pflegen, und so Vieles für mich thun?"

Emilie, der bei Christinens Erzählung die
Thränen schon immer in den Augen standen,
fiel ihrer Mutter weinend um den Hals. „Das
wolle Gott verhüten," sprach sie schluchzend, „daß
Sie, liebste Mutter, krank und elend werden.
Lieber wolle Er mir eine Krankheit zuschicken.
Aber wenn es denn doch so sein müßte, und
Sie krank werden sollten — o gewiß, gewiß,
ich würde nicht weniger für Sie thun, als Chri=
stine für ihre Mutter thut."

„Gott segne dich, liebes Kind, für diese deine
kindliche Liebe," sprach die gerührte Mutter. „O
bleibe immer so gesinnt, und du wirst auf Erden
noch viele frohe Tage erleben. Denn glaube
mir, jedem Kinde, das seine Aeltern aufrichtig
ehrt und liebt, läßt es Gott wohl gehen. Und
so wird — denke du an mich! — auch die
arme Christine noch bessere Tage sehen!"

Christine war indeß vergnügt und fröhlich
nach Hause geeilt. Ihre Mutter ward über ihre

Erzählung hoch erfreut, und die kräftige Fleisch=
brühe kam der armen Frau, die seit langer Zeit
nichts als Wassersuppen gegessen hatte, sehr wohl.
„O liebe Christine," sagte sie, indem sie mit auf=
gehobenen Händen andächtig zum Himmel blickte,
„so verläßt Gott die Seinen doch nie! er hilft
allemal noch zur rechten Zeit! — Laß uns fer=
nerhin auf Ihn vertrauen; allein dabei auch
immer das Unsrige treu und redlich thun. Denn
sieh, liebe Christine, wenn du, aus kindlicher
Liebe zu mir, nicht so fleißig Erdbeeren gesammelt
und meinen Ermahnungen zur Reinlichkeit und
Ordnung nicht gefolgt hättest — so hätten wir
das Glück wohl nicht gehabt, daß die gnädige
Frau und das liebe Fräulein sich unsrer Armuth
so liebreich annehmen wollen. Sieh, nicht das ge=
ringste Gute bleibt ohne gute Folgen; Gott be=
dient sich desselben, edle Herzen zu rühren, und
durch sie uns aus der Noth zu erretten."

Drittes Kapitel.

Die Schickſale der beiden Mütter.

———

Der folgende Tag war ein Sonntag. Chriſtine ſaß des Abends, nachdem ſie ihre kleinen Hausgeſchäfte beſorgt und ihr Lämmchen gefüttert hatte, neben dem Bette ihrer Mutter, und las ihr aus einem Buche mit ſanfter, lieblicher Stimme deutlich und langſam vor. Der Abend war ſehr ſchön und die untergehende Sonne ſchien durch die Rebenblätter am Fenſter glutroth in das kleine Stüblein. Da trat auf einmal die Frau von Waldheim mit Emilien herein. „Je,“ rief Chriſtine und ſprang auf, „die gnädige Frau und das Fräulein!“ Die Kranke war von der Gnade dieſes Beſuches ſehr gerührt.

Die Frau von Waldheim blickte vergnügt in dem engen Stübchen umher. Die Wände waren

schneeweiß, die wenigen Schüsseln und Teller
auf dem Rahmen an der Wand hell und glänzend, der Tisch, die Bank, das Paar Stühle
und der Stubenboden rein gefegt. Auch die
Bettüberzüge und die Kleidung der kranken Frau
waren, so ärmlich sie aussahen, äußerst reinlich.
Die Frau von Waldheim setzte sich auf den
Stuhl, von dem Christine aufgestanden war. Mit
Wohlgefallen vernahm sie, daß Christine Alles
so in Ordnung halte. Sie blätterte in dem
Buch, lobte das Buch und Christinens gutes ver-
nehmliches Lesen, das sie noch gehört hatte. Sie bemerkte auf dem Kasten an der Wand ein Paar Strick-
körbchen, durchsuchte sie, und war mit den Arbeiten
der Mutter sowohl als der Tochter, sehr zufrieden.

„Ihr seid sicher nicht aus dem Dorfe dahier," sagte die gnädige Frau. „Denn Ihr habt
das Stricken und Eure Tochter hat das Lesen
nicht dahier gelernt. Ihr müßt wohl durch besondere Schicksale hieher gekommen sein?"

„Ja wohl hatte ich besondere und sehr harte
Schicksale!" sagte die Kranke und fing an zu er-

zählen. „Mein Mann," sprach sie, „war Leib=
jäger in den Diensten einer Herrschaft jenseits
des Rheins. Wir waren kaum ein Paar Jahre
verheirathet und hatten diese Zeit ungemein glück=
lich und vergnügt gelebt — da brach der Fran=
zösische Krieg aus. Unsre Herrschaft flüchtete, und
konnte uns nicht mitnehmen. Mein Mann trat
auf ihr Anrathen bei einem Jägerchor in Dienste.
Ich konnte ihm mit meiner Tochter, die damals

noch so klein war, daß sie den Namen Vater
noch nicht aussprechen konnte, natürlich nicht folgen.
Unter tausend Thränen nahmen wir Abschied. Ach,

es war das letzte Mal, daß ich ihn sah! Er
schrieb mir zwar von Zeit zu Zeit, daß er gesund
sei. Allein plötzlich vernahm ich, er sei schwer
verwundet, und bald darauf erhielt ich die Nach=
richt, er sei an seinen Wunden gestorben. Mein
Jammer war unbeschreiblich! Ach, er war ein
guter Mann, ehrlich und redlich! Ich weiß zwar
sein Grab nicht; allein seine Gebeine ruhen gewiß
in Frieden! — Ich gerieth nun mit meiner
Tochter bald in sehr großes Elend. Ich hatte
mich nach Hause zu meinen Aeltern begeben.
Allein auch diese Gegenden wurden nunmehr von
dem Kriege schrecklich heimgesucht. Meine Aeltern
verloren all das Ihrige, und starben bald darauf
an einer ansteckenden Krankheit, die der Krieg
verbreitet hatte. Ich war genöthiget, auszuwan=
dern. Meine Habseligkeiten waren klein beisammen.
Ich hatte fast nichts, als diese zwei Hände. Ich
irrte weit umher. Endlich kam ich in dieses Dorf.
Diese Hütte stand eben leer. Die wackern Bauers=
leute, deren Nebenhaus sie ist, gestatteten mir,
hinein zu ziehen, unter der Bedingung, daß ich
ihre zwei kleinen Mädchen im Nähen und Stricken

unterrichte, was ich denn auch sehr gerne that!
Ich habe allerdings viel gelitten — allein Gott
hat doch immer treulich für mich gesorgt und mir
immer und überall durchgeholfen, bis auf diesen
Augenblick, da Er Sie, edle Wohlthäterin, unter
dieses Strohdach führte. Ihm sei Dank für Alles
— für Leiden und für Freuden!"

Die Frau von Waldheim hörte sehr aufmerksam zu, und die hellen Thränen glänzten ihr in
den Augen. „Ach," sagte sie, „mein Schicksal
gleicht sehr dem Eurigen, nur ist es noch trau-
riger! Ich habe nicht nur, wie Ihr, Aeltern und
Ehegemahl verloren, sondern überdieß noch meinen
einzigen Sohn. Mein Gemahl war Major eines
Husarenregiments. Sogleich in einer der ersten
Schlachten, in der er sich sehr auszeichnete, die
aber unglücklich ausfiel, ward er gefährlich verwundet. Ich eilte auf die Schreckensnachricht mit
meinen zwei Kindern unverzüglich zu ihm. Allein
mir ward nur mehr der traurige Trost, ihn noch
einmal zu sehen. Er starb in meinen Armen.
Wie mir zu Muthe war, könnet Ihr euch denken,

beschreiben kann ich es unmöglich. — Auf die
unglückliche Schlacht folgte eine übereilte Flucht.
Alle Straßen waren mit Flüchtlingen bedeckt.
Ich ward unter dem Gewühle von Menschen
mit fortgerissen, fast ohne zu wissen wohin. Meine
zwei Kinder — ein lieblicher Knabe von kaum
vier Jahren, und diese Tochter hier, die damals
noch kein Jahr alt war, vermehrten noch meinen
Jammer. Als ich mit ihnen an den Rhein kam,
und über die Brücke wollte, war das Gedränge
von Kriegswagen, Kanonen, Pulverkarren, Wagen
voll verwundeter Krieger, die alle hinüber wollten,
so groß, daß ich mich der Brücke gar nicht nähern
konnte. Indeß war die Sonne untergegangen.
In einiger Entfernung wurde noch gefochten, um
den Uebergang über den Fluß zu decken. Allein
der Donner der Kanonen rückte immer näher. Ach,
es war der schrecklichste Abend meines Lebens!
Einige der Flüchtlinge bemächtigten sich weiter
hinab an dem Flusse eines Schiffes, um das
andere Ufer zu erreichen. Aus Mitleid nahmen
sie mich und meine Kinder in das Schiff auf.
Allein das Schiff war so mit Menschen überla=

den, und sie waren des Fahrens so unkundig, daß es umschlug.

Ein Offizier am andern Ufer hatte unsre Ge=
fahr bemerkt und uns zwei Soldaten mit einem
kleinen Schifflein, dem einzigen, das eben vorhan=
den war, zu Hilfe geschickt. Es kam eben an, als
das unsrige gesunken war. Ich und meine Tochter,
die ich fest in den Armen hielt, wurden mit
genauer Noth aus den Fluthen gerettet und halb
todt an das Land gebracht. Allein mein Sohn
war untergegangen und von ihm ward nichts
mehr gesehen."

Frau von Waldheim konnte hier vor Weinen
nicht mehr reden, und verbarg ihr Gesicht in ihr
weißes Tuch. Ueber eine Weile sprach sie weiter:
„Ich und meine Tochter wären vor Frost und
Nässe wohl auch noch umgekommen, wenn nicht
eine mitleidige Herrschaft, die eben vorbei kam
und auch auf der Flucht war, uns in ihren
Reisewagen aufgenommen hätte. Allein die Angst
und der Schrecken beim Schiffbruche, die beständ=
dige Traurigkeit über den Tod meines Gemahls

und Sohnes, und die Beschwerlichkeiten auf der
Flucht, zogen mir eine Krankheit zu. Als ich
wieder hergestellt war, dachte ich erst an eine
andere nachtheilige Folge dieses zweifachen Tod=
falles. Weil mein Gemahl ohne einen männ=
lichen Erben gestorben war, so fielen unsre Güter
dem Landesherrn anheim. Unser Schloß dahier
wurde sogleich in Besitz genommen und zu einem
Spitale für kranke und verwundete Krieger einge=
richtet. Ich mußte, was ich jedoch nur den
unruhigen Zeiten zuschreiben kann, lange ohne
Pension leben; da ich keine eigene Wohnung mehr
hatte, mußte ich in der Stadt einen sehr hohen
Hauszins bezahlen, und zuletzt wirklich Mangel
leiden. Endlich war mir ein anständiger Witt=
wengehalt ausgeworfen, der Betrag für die ver=
flossenen Jahre baar ausbezahlt, und mir ein
Theil des Schlosses dahier, das ehemals unser
Eigenthum war, zum Aufenthalt angewiesen.
Allein der Verlust meines Gemahls und meines
Sohnes bleiben doch unersetzlich! So groß indeß
auch dieser Verlust ist, so ist doch dieß ein schöner
Gewinn dabei, daß meine Leiden mich Gott mehr

kennen lehrten und mich gefühlvoller für die Lei=
den meiner Mitmenschen machten. Und dann
— was können wir uns auf Erden mehr wün=
schen, als unser ordentliches Auskommen und ein
ruhiges Plätzchen, wo wir im Frieden leben, Gott
dienen und unsern Mitmenschen Gutes thun können
— in der seligen Hoffnung, unsre verklärten Ge=
liebten in einer bessern Welt wieder zu sehen."

Indeß war es spät geworden. Die Frau von
Waldheim sah an ihre Uhr, und stand auf. „Be=
dient Ihr Euch auch der Hilfe eines Arztes?" fragte
sie noch. „Ach nein!" sagte die Kranke. „Einen
ordentlichen Arzt vermag ich nicht, und mich eines
Pfuschers zu bedienen, trage ich Bedenken." „Ihr
habt Recht!" sagte die gnädige Frau. „Besser gar
keine Hülfe, als eine solche." Sie versprach der
Kranken ihren eigenen Arzt zu schicken, und tröstete sie
mit der Hoffnung, unter Gottes Beistande werde es
dann bald besser werden. Hierauf befahl sie, Christine
solle alle Tage in dem Schlosse für ihre Mutter das
Essen holen, wünschte Beiden freundlich gute Nacht,
und kehrte mit Emilien wieder zurück in das Schloß.

Viertes Kapitel.

Unterhaltungen der beiden Töchter.

———

Nach vierzehn Tagen besuchten Frau von Wald=
heim und Emilie die kranke Rosalie wieder.
Es hatte sich mit ihr indessen sehr gebessert. Die
trefflichen Arzneien und die angemessenen Speisen
hatten ihr überaus gut angeschlagen. Sie war
bereits auf, saß an der Tischecke auf der Bank
und strickte. Sobald sie die gnädige Frau er=
blickte, stand sie auf, eilte ihr entgegen, und die
Zähren liefen ihr über die blassen Wangen. Sie
konnte keine Worte finden, ihren Dank auszu=
drücken. Die Frau von Waldheim setzte sich an
die andere Ecke des Tisches. Sie hatte ihr Ar=
beitskörbchen mitgebracht und nahm ihr Gestrick
hervor. Emilien erlaubte sie, mit Christinen in=
dessen in den Baumgarten zu gehen, der sich von
der Hütte bis an den Bach erstreckte, und den

guten Bauersleuten gehörte, von denen Rosalie
so liebreich aufgenommen worden.

Während nun die zwei Mütter sich über ihre
Schicksale mit einander unterredeten, unterhielten
sich die zwei Töchter in dem Garten. Christine

führte Emilien ihr zahmes
Lämmchen vor. Emilie hatte
über das artige Thierchen
eine ungemeine Freude. Da
sie in einer großen Stadt
erzogen worden, kannte sie
die Schafe beinahe nur aus
ihrem Bilderbuche. Noch
nie hatte sie ein Lamm in der Nähe gesehen.
Das Lamm ließ sich von Emilien streicheln, fraß
die zarten, grünen Blättchen, die Emilie ihm vor-
hielt, ihr aus der Hand, und lief ihr sogleich
nach, als wollte es noch mehr. Emilie war ganz
entzückt. Auch ein solches Lämmchen zu haben,
war ihr herzlichster Wunsch. Allein sie war zu
bescheiden, es sich merken zu lassen. „Nein,"
dachte sie, „um Alles in der Welt möchte ich
3*

die arme Christine nicht um ihre einzige Freude bringen!"

Nachdem Frau von Waldheim und Emilie fort waren, erzählte Christine ihrer Mutter, welche große Freude das Fräulein an dem Lämmchen gehabt habe. Da sprach die Mutter: „Höre einmal, Christine! Emilie und ihre Mutter haben viele Güte für uns gehabt. Ohne sie läge ich vielleicht in dem Grabe, und du hättest keine Mutter mehr. Es ist billig, daß wir uns so dankbar bezeigen, als möglich. Du könntest Emilien nun wohl auch eine große Freude machen — aber ich fürchte, es kommt dich zu schwer an. Allein an deiner Stelle wüßte ich wohl, was ich thun würde!"

„Ihr mein Lämmchen schenken!" fiel Christine ihrer Mutter schnell in's Wort. „Ja, das will ich!" rief sie. „Morgen in aller Frühe soll sie es haben. Emiliens Mutter hat mir das Liebste erhalten, was ich in der Welt habe — dich, liebste Mutter! Warum sollte ich Emilien nicht mit Freuden das schenken, was mir nach dir das Liebste ist — mein Lämmchen!"

„Nun, das freut mich," sprach die Mutter, „daß du ein dankbares Herz hast. Das ist mehr werth, als wenn man dir das Lamm mit Gold aufwägen würde."

Die Mutter erinnerte sich, daß sie unter ihren Sachen noch ein kleines Streifchen rothen Atlaß und einige vergoldete Flittern habe. Sie suchte sie unverzüglich hervor, und saß sogleich hin, aus dem Atlasse für das Lämmchen ein Halsband zu machen, und mit den Flittern Emiliens Namen hineinzusticken. Emilie hatte Christinen ein feines, weißes Halstuch geschenkt. In der Ecke desselben waren die Anfangsbuchstaben von Emiliens Namen zierlich mit blauer Seide eingenäht. Diese Buch= staben dienten der Mutter zum Muster. Sie war gesonnen, so lange aufzubleiben, bis sie mit dieser Arbeit fertig wäre. Christine leistete ihr treulich Gesellschaft, fädelte ihr jedesmal die Na= del ein, und suchte die schönsten und tauglichsten Flittern heraus und bot sie ihr hin. Endlich gegen Mitternacht war die Stickerei vollendet, und Christine war über das schön gelungene Werk so erfreut, daß sie vor Freude fast nicht schlafen konnte.

Sobald am andern Tage die Morgenröthe anbrach, eilte das gute Mädchen mit dem Lamme dem Bache zu, und wendete ihr letztes Stückchen Seife daran, das nette Thierchen so rein zu waschen, als möglich. Und siehe da — es ward fast so weiß, wie neugefallener Schnee. Die Mutter legte nun dem Lämmchen das Halsbänd= chen an. Der hochrothe Atlaß mit den goldenen Buchstaben und der goldenen Einfassung nahm sich zwischen dem reinen, weißen Gekräusel der Wolle ganz unvergleichlich schön aus. Christine und ihre Mutter betrachteten das Lämmchen mit Entzücken, und konnten kaum aufhören, es zu loben.

Christine trug nun das Lämmchen in das Schloß. Sie ging zuerst in die Küche zur alten Köchin, die sich immer besonders liebreich gegen Christine bezeigt hatte, und redete mit ihr, wie sie ihr Geschenk am schicklichsten anbringen könne. Die Köchin hatte an dem schön geschmückten Lamme ein großes Wohlgefallen und lobte Christinens

Einfall sehr. Sie nahm das Lämmchen, ging, und öffnete leise die Zimmerthüre der Herrschaft. Die gnädige Frau saß am offenen Fenster und stickte. Emilie las ihr aus einem Buche vor.

Beide waren so emsig, daß sie nicht aufblickten. Da schob die Köchin das Lämmchen geschwind zur Thüre hinein, machte die Thüre eben so leise wieder zu, und eilte zurück in die Küche.

Frau von Waldheim und Emilie hatten von Allem nichts gemerkt. Das Lämmchen blieb an

der Thüre stehen, schaute eine Weile umher, und
fing dann laut an, zu blöcken. Emilie blickte auf
und rief: „Je das Lämmchen!" Sie nahm von
dem Seitentischchen ein wenig Brod, das von
dem Frühstücke über geblieben war, und hielt es
dem Lämmchen hin, und das arme Thierchen, das
den Morgen noch kein Futter bekommen hatte,
lief sogleich auf sie zu, und fraß es ihr aus der
Hand. Emilie hatte eine unbeschreibliche Freude.
Das Lämmchen kam ihr ohne Vergleich schöner
vor als gestern, und als sie erst die goldenen An=
fangsbuchstaben ihres Namens bemerkte, und dar=
aus ersah, das Lämmchen sei zum Geschenk für
sie bestimmt, da war ihre Freude noch größer.

„O wie gut ist doch Christine," sagte sie,
„daß sie mir ihr Liebstes gibt! Ich getraue mir
kaum, es anzunehmen. Was meinen Sie, liebste
Mutter, daß ich thun soll?"

„Du mußt es annehmen," sagte die Mut=
ter, „sonst würdest du das gute Kind betrüben.
Ich werde Christinen auf eine andere Art ent=
schädigen."

Emilie eilte nun in die Küche, ihr gutes Erd=
beermädchen zu rufen. Christine hatte sogleich
fort gewollt; allein die Köchin hatte sie aufge=
halten. Es kostete Emilien viele Mühe, das be=
scheidene Mädchen herein zu nöthigen in das
Zimmer.

Die Frau von Waldheim hatte indessen aus
ihrem Schreibkasten ein Goldstück hervor gesucht,
auf dem ein Lamm abgebildet war. „Du hast
ein sehr dankbares Herz, mein liebes Kind!" sagte
sie, als das erröthende Mädchen an Emiliens
Hand in das Zimmer trat. „Du hast meiner
Tochter ein Geschenk gemacht, das ihr wohl nicht
für Gold feil wäre. Nimm hier als eine kleine
Gegenerkenntlichkeit dieses goldene Lämmchen."

Die gute Christine war von dieser feinen Art
zu geben so gerührt, daß es ihr sehr schwer an=
kam, das Geschenk zurück zu weisen. Allein noch
mehr würde es sie geschmerzt und gekränkt haben,
sich ihr dankbares Gemüth bezahlen zu lassen.
Sie kam in große Verlegenheit und die Thränen
traten ihr in die Augen. „O nein, nein, gnä=

dige Frau," sagte sie; „ich kann das Gold wahr=
haftig nicht nehmen. Es würde mir meine ganze
Freude verderben. Nichts, als die reinste, herz=
lichste Dankbarkeit bewog mich, Fräulein Emilien
mein Lämmchen als ein armes, geringes Geschenk
darzubringen, und es ist mir unmöglich, mich da=
für so überreichlich belohnen zu lassen." Sie
blieb ungeachtet alles Zuredens darauf, nichts
zu nehmen.

Diese Uneigennützigkeit an einem so armen
Mädchen gefiel der Frau von Waldheim noch
mehr, als das überbrachte ländliche Geschenk.
„Nun," sagte sie, „so will ich dich auf eine an=
dere Art zu belohnen suchen, die deiner Denkart
angemessener ist. Wegen deines edlen Herzens
sollst du von nun an die Gespielin meiner Emilie
sein. In deiner Gesellschaft läuft sie keine Ge=
fahr, niedrige Gesinnungen anzunehmen. Komm
fürs erste nur allzeit nach Tische hieher — da
will ich euch miteinander Arbeit geben, und dann
wollen wir schon sehen, was noch weiter zu
thun ist."

Als Christine nach Hause kam und erzählte, wie es gegangen, war ihre Mutter mit ihrem Betragen sehr zufrieden. „Siehst du nun," sprach sie, „es ist so, wie ich dir schon öfter gesagt habe. Das ärmste Kind — wenn es sich nur bestrebt, von Herzen gut zu sein, findet am Ende doch Menschen, die es um seiner Güte willen mehr schätzen, als wäre es mit Gold und Perlen behängt. Das reichste und schönste Mädchen hingegen — wenn es sonst nichts weiter ist — wird der gerechten Verachtung am Ende doch nie entgehen, und das Glück, von guten Menschen aufrichtig geliebt und geehrt zu sein, wird ihm nie zu Theil werden. Gutsein, Gutsein ist das Einzige, was uns wahrhaft froh, reich und geehrt macht."

Fünftes Kapitel.

Ein Fremder tritt auf.

———

An dem goldgestickten Halsbändchen, mit dem das Lämmchen geschmückt war, hatte die Frau von Waldheim entdeckt, daß Rosalie eine sehr geschickte Stickerin sei. Rosalie hatte aber diese Kunst, weil dergleichen Arbeiten in dem Dorfe nicht geschätzt wurden, lange nicht mehr geübt, und sich blos auf das Stricken und Nähen verlegt. Frau von Waldheim gab ihr nun manches zu verdienen, und verschaffte ihr auch anderwärts her Bestellungen. Die arme Rosalie fand auf diese Art nicht nur ihr hinreichendes Auskommen, sondern überdieß noch öfteren Zutritt in das Schloß.

Frau von Waldheim hatte Anfangs sich Rosaliens nur aus Mitleid angenommen; allein se wie sie dieselbe näher kennen lernte, verwandelte sich dieses Mitleid nach und nach in Hochacht= ung. Sie fand an dem Umgange mit ihr immer mehr Vergnügen. Man wunderte sich, daß eine adeliche Dame, die Gemahlin eines Stabsoffiziers, mit einer armen Soldatenwittwe Freundschaft machen möge. Allein Frau von Waldheim sagte lächelnd: „Nun, Ihr werdet doch nicht behaupten, mein seliger Mann, der tapfere Major, sei kein Soldat gewesen? Doch im Ernste! Eben dieses, daß auch ihr Mann zum Militär gehörte, und wie der Meinige den Tod für das Vaterland starb, diente ihr bei mir zur Empfehlung. Die Aehnlichkeit unsrer Schicksale vermehrte meine Zu= neigung zu ihr. Sie ist Wittwe, wie ich, mußte Vieles leiden, wie ich, hat wie ich nur eine ein= zige Tochter. Unsre Töchter sind von gleichem Alter, und lieben einander herzlich — und wenn meine Emilie so gut und edel ist als ihre Christine, und Emiliens Mutter so gut und edel als Chri= stinens Mutter, so will ich es gerne zufrieden sein. Die äußerlichen Verhältnisse weisen dem Menschen allerdings seinen Rang in der mensch=

lichen Gesellschaft an; allein nur ein wahrhaft
gutes edles Herz macht den wahren Werth des
Menschen aus. Diese arme Soldatenwittwe ist
so bescheiden, so sanft, so rechtschaffen, so durch
Leiden bewährt, so von Herzen fromm, und dabei
so verständig und gebildet, daß ich dadurch mich
geehrt fühle, sie meine Freundin zu nennen.‟

Frau von Waldheim zeichnete auch ihre arme
Freundin immer mehr aus. Sie kam jeden Sonntag von dem Schlosse in das Dorf herab zur
Kirche, und da ging sie nach dem Gottesdienste
nie an Rosaliens armer Wohnung vorüber, ohne
wenigstens auf einige Augenblicke einzukehren. Sie
gab Christinen, die täglich in das Schloß kam,
öfter auf, ihre Mutter mitzubringen, und bald
mußten beide alle Tage nach Tische in das Schloß
kommen. Die gnädige Frau und das Fräulein,
Rosalie und Christine saßen dann zusammen an
einem Arbeitstische, und beschäftigten sich einige
Stunden sehr emsig mit allerlei schönen Arbeiten.
Rosalie mußte hierauf mit der gnädigen Frau
Thee trinken, und Christine mit Emilien ein Bu-

terbrod essen. Auf den Abend machten sie ge=
wöhnlich alle zusammen noch einen kleinen Spa=
ziergang.

Einmal an einem schönen Sommerabend gingen
sie nun miteinander in den Eichwald, der sich am
Abhange des Schloßberges herumzog. Mehrere
schattichte Gänge, die mit reinlichem Kiese bestreut
waren, führten durch den Wald, und hie und da
war eine bequeme Bank zum Ausruhen angebracht.
Der Tag war sehr heiß gewesen und noch war

es ziemlich schwül. Die
Frau von Waldheim setzte
sich daher mit ihrer Beglei=
terin Rosalie auf eine stei=
nerne Bank, die in einen
Felsen des Berges einge=
hauen und von einem Paar
Eichen beschattet war. Das
Plätzchen war, wegen der herrlichen Aussicht, die
man hier genoß, ihr Lieblingsplätzchen.

Emilie und Christine gingen noch eine Strecke
weiter, und jede trug ein niedliches Körbchen am

Arme. Es war gerade die Zeit der Himbeeren,
und Emilie hätte deren schon lange selbst gerne
im Walde gepflückt. Christine führte sie zu einer
ausgehauenen Stelle des Waldes, die beinahe ganz
mit Himbeersträuchen bedeckt war. Beide Mädchen
pflückten nun sehr geschäftig und ließen sich die
duftenden Beeren sehr wohl schmecken. Bald rief
diese, bald jene, hier gebe es noch schönere. Die

allerschönsten thaten sie
aber in ihre Körb=
chen, um sie Emiliens
Mutter zu bringen.
Das Lämmchen, das
sie mitgenommen hat=
ten, lief indessen auf
dem offenen Platze
herum, graste hier ein
wenig, nagte dort an

den Blättern der Gesträuche, und hatte sich nach
und nach ziemlich weit von ihnen entfernt.

Da bemerkte Emilie auf einmal einen fremden
Jüngling, der das Lämmchen streichelte und das

Halsband desselben sehr aufmerksam betrachtete. Emilie und Christine eilten sogleich hin, denn sie fürchteten, er wolle das Halsband oder gar das Lämmchen mit sich fort nehmen. Der Jüngling blickte, als er sie kommen hörte, auf. Er war sehr schön und blühend von Angesicht und hatte ein dunkelgrünes Sommerkleid an und einen runden Kastorhut auf. Er schien bis zu Thrä= nen gerührt, und blickte Emilien mit einer Art von Erstaunen und Verwunderung an. Endlich nahm er mit seiner Rechten ehrerbietig den Hut ab; in seiner Linken aber hielt er — was Emilien äußerst seltsam vorkam — einen goldenen Ring.

„Verzeihen Sie, mein Fräulein," sagte er, da er Emiliens Aengstlichkeit bemerkte, „ich wollte dem Lämmchen, das, wie ich sehe, Ihnen gehört, nichts zu Leid thun. Es fielen mir nur die Buchstaben auf, die hier auf das Halsband ge= stickt sind. Sind das vielleicht die Anfangsbuch= staben ihres Namens?"

„Ja," sagte Emilie befremdet, „das sind sie. Die drei goldenen Buchstaben auf dem rothen

Lämmchen. Illust.   4

Atlasse hier heißen E. v. W. Ich aber heiße Emilie von Waldheim."

„Emilie! Emilie!" rief der Jüngling höchst erstaunt.

Emilie erschrack über seine Heftigkeit. Sie glaubte, er sei nicht recht bei Sinnen und es ward ihr unheimlich. „Komm, da ist nicht gut sein!" sagte sie zu Christinen, nahm sie bei der Hand, und wollte mit ihr davon laufen. Der fremde Jüngling aber faßte sich wieder, und sagte ganz ruhig: „Ich bitte Sie, bleiben Sie nur noch einen Augenblick! Ich habe da einen gol= denen Ring, auf dem die drei nämlichen Buch= staben eingegraben sind. Sehen Sie da E. v. W.! Deßhalb betrachtete ich die Buchstaben da auf dem Halsbändchen so aufmerksam und verwundert. Es liegt mir äußerst viel daran, inne zu werden, wo= her dieser Ring sei. Allein," fügte er traurig bei, „Ihnen gehört der Ring zuverläßig nicht. Es stehet da, den Buchstaben gegenüber, noch die Jahrzahl 1786. Dieses vereitelt meine Hoffnung. Ach, damals waren sie noch nicht geboren!"

Emilie sagte: „Meine Mutter hat eben den Na=
men wie ich; auch sie heißt Emilie von Waldheim."

„Wie!" rief der Jüngling auf's Neue er=
schüttert. „Wäre es möglich! Ach vielleicht ge=
hört der Ring ihrer Mutter. Könnten Sie mich
nicht zu ihr führen?"

„Mit Vergnügen," sagte Emilie. „Sie ist
kaum ein Paar hundert Schritte von hier. Haben
Sie nur die Güte, mir zu folgen." Sie gingen.
Der Jüngling ließ Emilien die rechte Seite, und
Christine mit dem Lämmchen begleitete sie.

Als sie zur Felsenbank kamen, blieb der Jüng=
ling in einiger Entfernung schüchtern stehen und be=
trachtete die Frau von Waldheim einige Augen=
blicke stillschweigend. Sein Angesicht war wie von
Schrecken bleich und die Hand, in der er den Ring
hielt, zitterte. Indeß ermannte er sich, trat näher,
verbeugte sich mit Anstand, erzählte kurz den son=
derbaren Zufall mit dem Zusammentreffen der
Buchstaben — und überreichte ihr den Ring.

Die Frau von Waldheim nahm den Ring
— erblickte die drei Buchstaben — that einen

4*

lauten Schrei — und wäre fast umgesunken, wenn Rosalie sie nicht gehalten hätte.

„Gott im Himmel, was ist das?" rief sie, als sie sich von dem Schrecken ein wenig erholt hatte. „Das ist der Ehering meines Gemahls. Sehen Sie, der Ring hier an meinem Finger, den mein Gemahl mir als Bräutigam gab und den ich noch immer zu seinem Andenken trage, ist genau auf die nämliche Art gearbeitet, nur etwas kleiner. O reden Sie, reden Sie doch, wie kamen Sie zu dem Ringe? Wer sind Sie? Wer sind Ihre Eltern?"

Der Jüngling ward noch bleicher und zitterte an allen Gliedern. „Mein Vater," sprach er, „ward im Kriege erschossen. Meine Mutter war eine schöne Frau, trug ein schwarzes Kleid, und weinte immer sehr viel. Ich hatte noch ein kleines Schwesterchen, die Emilie hieß. Die Mutter fuhr mit uns zwei Kindern über den Rhein. Das Schiff ging unter. Ich ward, als ein Kind von etwa vier Jahren, aus dem Wasser gezogen. Von Mutter und Schwester hörte ich seit dieser

Zeit nichts mehr. Den Ring fand man, nebst eini=
gen andern Kleinigkeiten, in einem Päckchen, das

Kleidungsstücke von mir
enthielt und also für
mein Eigenthum erklärt
wurde. · Sonst weiß
ich von meinen Ael=
tern und meinem Va=
terlande nichts zu sagen. Mein Name ist Karl."

„O Karl," rief jetzt Frau von Waldheim
aus und fiel dem Jünglinge um den Hals, „du
bist mein Sohn! Wahrhaftig; du bist es! Du
bist das Ebenbild deines Vaters!" — — „O
Gott, o Gott! wie wunderbar bist Du in deinen
Fügungen!" rief sie dann wieder, indem sie mit
aufgehobenen Armen weinend zum Himmel blickte.
Und dann umfaßte sie wieder ihren Sohn und
benetzte sein Angesicht mit Thränen. Der Jüng=
ling war so außer sich, daß er keine anderen
Worte hervorbringen konnte, als: „Mutter! Mut=
ter! Gott! Gott! O du guter Gott!"

Emilie stand an Christinen gelehnt — und zit=

terte und weinte. „Emilie!" rief endlich die Mutter, „Emilie, o sieh da deinen Bruder! Karl, Karl, sieh da deine Schwester! O grüßt euch doch auch!"

Karl schloß seine Schwester weinend in seine Arme, und rief: „O meine liebe, liebe Schwester! O Gott, welche Freude machst du mir — so unerwartet Mutter und Schwester zu finden!" Und auch Emilie konnte vor Weinen kein Wort vorbringen, als: „Lieber, lieber Bruder!"

Alle Drei aber waren so selig und hatten sich so viel zu fragen und zu sagen, daß sie die ganze Welt um sich her vergaßen. Die Sonne war untergegangen und es wurde bereits dunkel, ohne daß sie es merkten. Rosalie erinnerte sie endlich, es sei Zeit, sich nach Hause zu begeben. Frau von Waldheim ging nun, an jedem Arm eines ihrer Kinder, auf das Schloß zu, und Rosalie und Christine folgten ihnen.

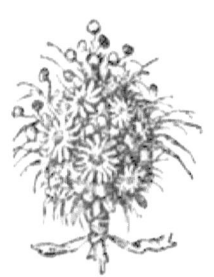

Sechstes Kapitel.

Karls Jugendgeschichte.

———

Die Frau von Waldheim veranstaltete nun in dem Schlosse eine kleine Freudenmahlzeit. Emilie deckte den Tisch mit dem feinsten blendend weißen Tafeltuche und zwei helle Wachskerzen auf silbernen Leuchtern spiegelten sich in dem glänzend reinen Tischgeräthe. Karl mußte zwischen seiner Mutter und Schwester Platz nehmen, und Rosalie und Christine mußten auch mitspeisen. „Denn," sprach die Frau von Waldheim, „ohne Euch und Euer Lämmchen hätte ich ja meinen lieben Sohn Karl nicht gefunden!" Karl, der von der Reise hungrig geworden, ließ sich das Abendessen sehr wohl schmecken. Seine Mutter und Schwester aber konnten vor Freude fast nicht essen, und sahen ihn nur immer an. Sie fragten ihn bald dieses, bald jenes. Allein erst nach Tische

baten sie ihn, seine Geschichte im Zusammenhange
zu erzählen, was er denn auch sehr gerne that.

„Meine Kindheit und meine Jugendjahre,"
sprach er, „brachte ich, von dem Abende an, da
ich aus dem Flusse gezogen wurde, beständig bei
einem sehr ehrwürdigen Pfarrer, Namens Engel=
hard, jenseits des Rheins zu. Ich würde von den
Schicksalen meiner ersten Kindheit und von meinen
lieben Aeltern wohl kaum mehr etwas wissen,
wenn er das Wenige, was ich damals — in
einem Alter von vier Jahren ihm sagen konnte —
mir nicht öfters wiederholt hätte. Selbst unsers
Schiffbruches erinnere ich mich jetzt nur mehr
dunkel. Allein der gute Pfarrer, der nicht weit
von jener Unglücksstätte wohnt und sich nach Allem,
was mich betraf, genau erkundigt hatte, beschrieb
mir jenen fürchterlichen Abend und die darauf
folgende Schreckensnacht sehr oft. Der Krieg hatte
mit Allem, was er Schreckliches haben kann, sich
gleich einem verheerenden Gewitter, ganz in jene
Gegend gezogen. Zwei Dörfer standen im Brande,
und die hoch auflodernden Feuerflammen erhellten

mit ihrem rothen Glanze weit umher die Gegend, rötheten die Wolken des Himmels, und strahlten schauerlich aus dem Flusse wieder. Die geschlagene Armee rettete sich über den Fluß. Die Sieger drangen ihr auf dem Fuße nach. Man glaubte ein furchtbares Hochgewitter zu hören, so laut donnerten die Kanonen, und man vernahm bereits das kleine Gewehrfeuer sehr deutlich. Ganze Familien, Väter, Mütter und Kinder, hatten theils zu Fuß, theils zu Wagen sich hieher geflüchtet, und wußten nun nicht mehr weiter. Das Gedränge und die Verwirrung war unbeschreiblich.

Auch der gute Pfarrer hatte das Haus voll Geflüchteter und war unermüdet beschäftiget, sie zu trösten und zu bewirthen — da wurde auf einmal sehr stark an die Hausthüre geklopft. Er öffnete sie — und ein Soldat mit einem kleinen weinenden Knäblein auf dem Arme stand vor der Thür. Dieses Knäblein war ich!"

„Um Gottes willen, Herr Pfarrer," rief
der edle Krieger, „erbarmen Sie sich dieses armen
Kindes, und nehmen Sie es zu sich. Ich riß es
dort aus dem Fluß. Ich weiß es nirgends un=
terzubringen. Dieses nasse Päcklein hier enthält
die Kleider des Kindes und einiges Andere. Nehmen
Sie — ich muß augenblicklich weiter." Der
gutherzige Pfarrer nahm mich liebreich in seine
Arme — und der Soldat stürzte fort, indem er
noch rief: „Gott wird es ihnen vergelten! Leben
Sie wohl!"

Der würdige Geistliche brachte nun wohl so
viel aus mir heraus, mein Vater, ein Offizier,
sei im Kriege umgekommen, und meine Mutter
sei mit mir und meinem kleinen Schwesterchen
auf ihrer Fahrt über den Rhein verunglückt. Er
unterließ nicht, nachzuforschen, ob meine Mutter
und Schwester dem schauerlichen Tode des Er=
trinkens nicht etwa noch entgangen seien. Er
begab sich, sobald es möglich war, in die be=
nachbarten Orte, und fragte überall nach ihr.
Er traf auch einige Menschen, die auf eben dem

Schiffe gewesen, und gerettet worden. Sie spra=
chen mit Achtung und Mitleid von der tiefbe=
trübten Offizierswittwe; allein alle sagten ein=
müthig, sie sei mit ihrem kleinen Kinde sicher
ertrunken. Die Gewalt des Stromes habe blos
einige wenige Menschen, die sich auf dem unter=
gegangenen Schiffe befunden hatten, an das Ufer,
von dem sie hergekommen, zurückgeworfen. Es
sei gar nicht wahrscheinlich, daß irgend eine Seele
das andere Ufer erreicht habe. Der edle Pfarrer
hielt es indeß doch für möglich. Allein er konnte
sobald keine Erkundigungen einziehen. Die Ver=
bindung zwischen den beiden Rheinufern war des
Krieges wegen lange Zeit aufgehoben. Und nach=
her, als man wieder Nachrichten von dem andern
Ufer des Flusses erhalten konnte, stimmten alle
darin überein, nirgends habe man eine solche
Frau gesehen, wie die beschriebene Offizierswittwe,
und sie sei also ganz gewiß todt.

Der menschenfreundliche Pfarrer behielt mich
nun bei sich, um mich zu erziehen. Er war ein
sehr liebevoller, schon etwas betagter Mann, und

ein wahrer Kinderfreund. Die Tage meiner Kindheit hätten wohl nicht glücklicher sein können. Er war immer heiter und freundlich, und wußte mich mit einem Wink zu leiten. Denn sein ganzes Betragen war, bei aller Freundlichkeit, immer so ernst und würdig, daß ich eine große Ehrfurcht gegen ihn fühlte, und um Alles in der Welt es nicht gewagt hätte, mich gegen ihn im geringsten widerspenstig zu zeigen.

Seine erste Angelegenheit war es, mich in der Religion zu unterrichten; was er sagte, war Alles so klar und herzlich, daß ich Gott und  meinen Erlöser von Herzen lieb gewann. Er lehrte mich lesen und schreiben, und da er besondere Fähigkeiten an mir zu entdecken glaubte, so gab er mir Unterricht in der lateinischen Sprache. Er las mit mir lateinische Bücher, und wußte immer die schönsten Stellen auszuwählen, die meinem Alter angemessen waren.

Was ich gelesen hatte, mußte ich dann schriftlich
ins Deutsche übertragen. Ich bekam so mehrere
Bücher, von meiner Hand rein und deutlich ge=
schrieben, zusammen, die er alle sehr schön binden
ließ. Ich hatte dabei ungemeine Freude und
erwarb mir eine Fertigkeit, jedes lateinische Buch
zu verstehen, wenn nur sonst der Inhalt meine
Fassungskraft nicht überstieg. In der Folge gab
er mir noch Unterricht im Griechischen.

Sein kleines freundliches Pfarrhaus war von
einem schönen Gemüsgarten und einem großen
Baumgarten umgeben. Wenn wir nun eine
Stunde gelesen hatten, arbeiteten wir allemal
eine Zeit im Garten. Denn er baute ihn selbst
und ich mußte ihm dabei helfen. Diese Arbeit
war Erholung vom Studiren. Im Winter oder
an Regentagen brachte er seine Nebenstunden mit
Zeichnen zu, worin er es sehr weit gebracht hatte.
Er verstand seine Zeichnungen mit Tuschfarben
so schön und lieblich auszumalen, daß Kenner sie
den vollendetsten Kunstwerken der Art an die
Seite setzten. Auch ich hatte große Lust am

Zeichnen und Malen. Er gestattete es mir aber allemal nur als eine Belohnung meines besondern Fleißes im Studiren, und unter seiner vortreff= lichen Anleitung machte ich auch in dieser Kunst gute Fortschritte. So verfloß mir jeder Tag unter nützlichen und angenehmen Beschäftigungen; ich war immer so fröhlich und vergnügt, als je ein Kind in dem väterlichen Hause es sein kann.

Der gute Pfarrer hatte indeß auch Manches zu leiden. Er mußte die Trübsale des Krieges hart empfinden. Einquartierungen und Liefer= ungen kosteten ihm sehr viel, und zwei bis drei= mal ward sein Pfarrhaus ganz ausgeplündert. Er würde dieses wenig geachtet haben, wenn es ihm nicht um mich gewesen wäre. Er hatte mich öfters versichert, er werde mich studiren lassen. Obwohl die Erträgnisse seiner Pfarrei nicht sehr bedeutend waren, so hatte er bei seiner mäßigen Lebensart doch so viel zurückgelegt, daß er die Kosten des Studirens hätte bestreiten können. Allein nun war es ihm unmöglich; er selbst war durch den Krieg in dürftige Umstände gerathen.

Er hatte indessen in Wien einen Jugendfreund, der in großem Ansehen stand, und unter dem Adel und den Gelehrten viele Freunde hatte. An diesen schrieb er, ob er einem armen Jüng= linge, der eine entschiedene Anlage und Neigung zum Studiren habe, nicht Gelegenheit dazu ver= schaffen könnte? Es kam sogleich die erfreuliche Antwort, er wolle mich mit offenen Armen in sein Haus aufnehmen, und dann weiter für mich sorgen. Ich möchte mich aber, schrieb er, sogleich auf die Reise machen, indem ich eine vorläufige Prüfung zu bestehen hätte, um unter die Zahl der Stu= direnden aufgenommen zu werden.

Ein Kaufmann, der meinen Pflegevater öfter besuchte, hatte eben eine Reise in die hiesige Gegend vor, und erbot sich, mich unentgeltlich mit zu nehmen. Da ich auf diese Art beinahe die Hälfte des Weges in einem bequemen Reisewagen zu= rücklegen konnte, so wurde dieses Anerbieten mit Freude angenommen.

Der Morgen, an dem ich von meinem guten Pflegevater Abschied nahm, wird mir ewig un=

vergeßlich sein. Der gute Mann mit seinem frommen blassen Gesichte und seinen ehrwürdigen grauen Haaren, schloß mich in seine Arme und benetzte mein Angesicht mit Thränen. „Liebster Karl," sprach er, „der Augenblick ist jetzt da, wo du hinaus mußt in die Welt. In unserm stillen abgelegenen Dorfe und in meinem Hause hier hast du, wills Gott, nichts als Gutes gesehen und gehört. In der großen Stadt, in die du jetzt kommst, wird es anders sein. Du kommst zwar in das Haus eines guten Mannes und wirst

auch in der Stadt viele gute Menschen kennen lernen; allein du wirst auch der bösen Beispiele genug sehen und mancherlei Böses hören. O Karl, vergiß meiner guten Ermahnungen nicht — laß dich nicht verführen — bleibe ein edler Jüngling."

„Vor Allem bleibe dir unsre heilige Religion stets theuer. Sie ist der kostbarste Schatz, den wir hier auf Erden haben, und ein wahres Himmelbrod für unsern unsterblichen Geist. Wohne nicht nur dem öffentlichen Gottesdienste andächtig und ehrerbietig bei, sondern weihe auch deine stille Kammer zum Tempel der Andacht. Vergiß es nie, daß Gottes Auge dich überall sieht, und thue Alles wie vor seinem Angesichte. Ihm klage deine Noth und vertrau auf Ihn. Verlaß Ihn nicht, und Er wird dich ewig nicht verlassen."

„Du wirst mancherlei leichtsinnige Reden über Religion hören. Solche Reden verabscheue. Wer die Lehren der christlichen Religion befolgt, der erfährt es an seinem Herzen, daß sie von Gott sei. An diesem Prüfsteine, den ihr Stifter selbst angab, bewährt sie sich als lauteres Gold. Das hat sich mir durch eine Erfahrung von fast siebenzig Jahren bestätiget. Das ist ihr schönster Triumph über alle Zweifel ihrer Freunde, die noch nicht ganz zur hellen Erkenntniß gekommen sind, und über alle Einwendungen ihrer verblendeten Feinde."

„Thu nie etwas Böses und handle nie gegen die Stimme deines Gewissens. Geselle dich nicht

zu solchen Menschen, die über Unschuld und
Schamhaftigkeit spotten und aus dem Laster einen
Scherz machen; fliehe sie als wären sie vom gelben
Fieber angesteckt. Eine solche leichtfertige Denkart
verleitete schon manchen schönen blühenden Jüng=
ling, die kurze Lust der Sünde zu genießen,
machte ihn zum lebendigen Gerippe und stürzte
ihn in ein frühes Grab. Bewahre dein Herz
rein und unbefleckt, und du wirst die schöne Farbe
deiner Wangen, das Feuer deiner Augen, die
Ruhe deines Gewissens und die Heiterkeit des
Geistes bewahren, und mein erster Blick, wenn
ich dich je wiedersehe, wird mir sagen, ob du noch
gut und unverdorben seiest."

„Sei unermüdet in den Arbeiten deines Be=
rufes. Der Beruf eines Studirenden ist ein
schöner, edler Beruf. Es sei nun, daß du Rechts=
gelehrter, Arzt oder Gottesgelehrter werden wollest
— allemal wird das zeitliche oder ewige Wohl
deiner Mitmenschen dir anvertraut werden. Es
wäre ja wohl schrecklich, wenn du es dir nicht
Ernst sein ließest, deiner Wissenschaft Meister zu

werden, und wenn du einst, anstatt zum Glücke
der Menschen beizutragen, aus Unfähigkeit und
Unwissenheit nur Unheil stiften würdest. Die
Studirjahre sind die Zeit der Saat; benütze diese
köstliche Zeit, ehe sie entflieht — sonst ist an
keine erfreuliche Aernte zu gedenken. Du hast
es in unserm Dorfe gesehen, wie die Landleute
sich plagen müssen, wie sie vor Tag aufstehen,
Frost und Hitze dulden, und alle Kräfte aufbieten
— nicht nur um sich zu ernähren, sondern um
auch die Abgaben zu bestreiten, die zur Unter=
haltung der gelehrten Stände nöthig sind. Ar=
beite also auch unermüdet, um für sie, die so
Vieles für uns thun, dereinst auch etwas thun
zu können, und ihnen nicht zur unnützen Last,
sondern zum Segen zu werden."

„Erlaube dir aber auch zu rechter Zeit eine
unschuldige Erholung. Nur laß den sinnlichen
Vergnügungen keine Herrschaft über dein Herz.
Wer sich von der Sinnlichkeit — von Spiel,
Trunk, Tanz und dergleichen — hinreißen läßt,
der ist, wenn er auch eben nichts offenbar Böses

thut, dennoch ein Sklave seiner Lust — und also ein schlechter Mensch. Der ungeordnete Hang zu sinnlichen Vergnügungen zerstört in unserm Herzen das Gefühl für alles wahrhaft Große, Schöne und Gute, und macht uns unfähig, edlere Vergnügungen zu genießen.“

„O mein liebster Sohn! Vielleicht ist es das letzte Mal, daß du mein Angesicht siehest. Ich bin bald siebenzig Jahre alt und nicht mehr fern vom Grabe. Erfahrung, Welt- und Menschen-Kenntniß wirst du mir nicht absprechen wollen. Und dann — was für einen Gewinn könnte ich davon haben, dir eine Unwahrheit zu sagen? Glaube mir also — und bleibe gut. Denn sieh — wenn du gut bist, so bist du dir gut, und du wirst den Segen davon haben. Könntest du aber je böse werden, so wärest du dir böse, und dein wäre der Schaden, und dich träfe das Verderben. Liebster Karl — bleibe, o bleibe gut!“

Der gute, liebevolle Greis nahm nun die letzten zwei Goldstücke, die er noch hatte, aus seinem Pulte hervor. Ach, er hatte schon all

seine Baarschaft darauf verwendet, mich wohlan=
ständig zu kleiden, und mich mit dem nöthigen
Reisegelde zu versehen. Er gab mir die Gold=
stücke, die Sie hier sehen und sagte: „Nimm
dieses Wenige noch, liebster Sohn, als einen
Nothpfennig — und dann hier noch etwas, das
mehr werth ist, als alles Gold — das neue
Testament! Mehr kann ich dir jetzt nicht geben.
Allein lebe nur so, wie dieses göttliche Buch es
uns lehrt, bleibe gottesfürchtig, edel und gut —
dann bist du reich genug.“

Hierauf segnete er mich noch mit zitternden
Händen und weinenden Augen, schloß mich noch
einmal in seine Arme, sagte mir Lebewohl —
und ich ging schluchzend und tief gerührt zur Thüre
hinaus.

Karl weinte, indem er dieses sagte, aufs Neue;
auch seiner Mutter und Schwester und den Ueb=
rigen flossen die hellen Zähren über die Wangen.
„Dieser Pfarrer,“ sprach die Mutter, „ist wahr=
haftig ein sehr — sehr edler Mann. Es ist
etwas Großes, sich eines fremden armen Kindes

so herzlich und thätig anzunehmen, so viele Jahre hindurch so viele Zeit, Mühe und Kosten aufzuwenden, und so zu sagen noch den letzten Heller hinzugeben, um es zu einem guten und glücklichen Menschen zu erziehen. Doch — nur die christliche Religion kann das menschliche Herz so uneigennützig und wohlwollend machen, alle Menschen auf Erden wie seine nächsten Blutsverwandten mit Liebe zu umfassen."

Siebentes Kapitel.

Wie Karl hiehergekommen.

————

Karl schwieg eine Weile und trocknete seine Thränen; dann erzählte er weiter. „Der Kaufmann, der mir den leeren Platz in seinem Reisewagen eingeräumt hatte, ist ein sehr recht=schaffener Mann und ein recht fröhlicher Gesell=schafter. Er wußte immer etwas zu sagen, und that Alles, mich den traurigen Abschied vergessen zu machen. Bald erzählte er ein artiges Ge=schichtchen, bald gab er mir Räthsel auf, bald sang oder pfiff er ein munteres Liedchen. Jedes Dorf wußte er mit Namen zu nennen, und in den Städten zeigte er mir die Merkwürdigkeiten, wenn es darin deren einige gab. Etwa drei Meilen von hier mußte ich mich aber von ihm trennen; denn er mußte einen andern Weg ein=schlagen. Er wünschte mir nun Glück und Gottes

Segen zu meinem Vorhaben, ermahnte mich zum Fleiße und zum Vertrauen auf Gott, sorgte noch dafür, daß mein kleiner Koffer, den er aufgepackt hatte, durch einen Fuhrmann an Ort und Stelle gebracht werde, schenkte mir ein Goldstück, drückte mir zum Abschied kräftig die Hand und fuhr in seiner Kutsche weiter."

Auch dieser Abschied war mir sehr schwer gefallen. Ich war ja nun von allen bekannten Menschen getrennt! Ich setzte indeß meine Reise zu Fuße fort. Gegen Abend wanderte ich durch den Wald, der dieses Schloß umgiebt. Ich war von der Hitze und dem weiten Gehen, das ich nicht gewohnt bin, sehr ermüdet. Ich setzte mich daher, um ein wenig auszuruhen, auf einen Rasensitz, den ich unter einem Buchbaum erblickte. Das alte Schloß, das von der Abendsonne vergoldet aus dem waldigten Berge hervorragte, gewährte hier einen unvergleichlich schönen malerischen Anblick. Ich nahm ein Blatt Papier aus meiner Brieftasche hervor, und fing an das Schloß abzuzeichnen.

Allein ich mußte die angefangene Zeichnung bald wieder weglegen. Der Untergang der Sonne — die Stille des einsamen Waldes — und die herannahende Nacht erregten sehr wehmüthige Empfindungen in mir! Ein Gefühl von Verlassenheit wandelte mich an. „Ach,“ dachte ich, „die Nacht bricht herein, und ich weiß noch nicht einmal, wo ich übernachten soll! Auf viele Meilen weit rings umher kenne ich keine Seele und komme nun zu lauter fremden Menschen. Mein liebevoller Pflegevater, von dem ich nun schon einige Tagreisen weit entfernt bin, ist bereits sehr alt und vielleicht sehe ich sein ehrwürdiges Angesicht in meinem Leben nicht mehr! Und meine guten Aeltern habe ich kaum gekannt! Ich kann mir meinen Vater nur mehr als Leiche und meine Mutter in schwarzen Trauerkleidern und mit roth geweinten Augen denken.“

Bei diesen Gedanken drangen auch mir die Thränen in die Augen. Ich zog den goldenen Ring heraus, den mir der gute Pfarrer gegeben hatte. „Mein Gott,“ seufzte ich, „dieser Ring rührt noch von meinen Aeltern her, und er ist das einzige Erbtheil, das ich armer Waise von ihnen habe! Die drei kleinen Buchstaben sind die Anfangsbuchstaben von dem theuern Namen meines Vaters oder meiner Mutter, und ich weiß nicht einmal, wie diese Namen heißen! Diesen Ring trug entweder mein Vater, dessen Hand längst im Grabe modert, oder meine Mutter, die vielleicht doch noch am Leben ist! Ja vielleicht lebte sie einst — vielleicht lebt sie noch in eben diesen Gegenden, die ich jetzt durchwandere.“

Mein Herz wurde von diesen Gedanken mächtig ergriffen! Ein Gefühl voll der schmerz-lichsten Wehmuth und der seligsten Hoffnung bemächtigte sich meiner! Ich fiel auf die Kniee nieder, ich rang die Hände, ich flehte mit In-brunst zum Himmel: „O lieber Gott! Du allein weißt es, ob meine Mutter noch lebe! Du allein kannst, wenn sie noch lebt, mich sie wieder finden lassen! Ach vielleicht ließest Du diesen Ring nicht ohne weise Absicht in meine Hände kommen. Die Buchstaben darauf könnten mich unter deiner Leitung leicht zur Entdeckung meiner Mutter führen. O die liebe gute Mutter! Sie beweint — wenn sie noch am Leben ist — mich als todt; sie glaubt, ich sei als ein zartes Knäblein in den Fluthen des Rheins ertrunken; o welche Freude würde sie haben, mich jetzt als einen Jüngling in ihre Arme zu schließen! Welche Seligkeit wäre es für mich, ihr freundliches mütterliches Angesicht zu erblicken, ihr zu danken für das, was sie an mir gethan, als ich ihre Liebe noch nicht zu schätzen wußte und ihr noch nicht dafür danken konnte. Wie unbeschreiblich glücklich würde ich mich schätzen, ihr meinen Dank jetzt zu bezeigen, und die Stütze ihres herannahenden Alters zu werden! O du guter Gott, du Vater der Wittwen und Waisen — wenn — wenn sie je noch lebt — o so führe — führe Du mich in ihre Arme! Höre mein kindliches Flehen, und laß mich sie wieder finden!"

Als ich so gebetet hatte, und mit meinen Augen voll Thränen durch die Aeste der Buche noch immer zum blauen Himmel aufblickte, hörte ich in dem nahen Gesträuch ein leises Knistern. Ich sah hin, erblickte das Lamm — und die

goldenen Buchstaben auf dem purpurrothen Halsbande strahlten mir im Glanze der untergehenden Sonne hell schimmernd ins Auge. Eine wunderbare, unbeschreibliche Empfindung — ein schauerliches Entzücken bemächtigte sich meiner. Es war mir, als umleuchtete mich ein Licht vom Himmel, als hätte ein Lichtstrahl von oben die Buchstaben erhellt; sie schienen mir wie verklärt. Ich glaubte die Nähe Gottes zu fühlen, und es dünkte mich, die Blätter aller Bäume rings umher zitterten aus Ehrfurcht vor Ihm. Mir war es, als spreche Etwas in meinem Innersten: „Dein Gebet ist erhört!" Und so war es auch. Mein Gefühl hatte mich nicht getäuscht. Gleich einem Engel des Himmels kam in ihrem

weißen Kleide und im Schimmer der Abendsonne
meine Schwester auf mich zu, und nannte mir das er=
stemal den theuern Namen meiner Mutter. So, beste
Mutter, hat Gott mich in Ihre Arme, und in deine
Arme, liebste Schwester, wunderbar zurück geführt!

„Ja, so ist es, meine liebsten Kinder," sagte
die Mutter, indem sie ihre beiden Kinder in die
Arme schloß. „Er hat uns alle drei wieder zu=
sammen gebracht. Er hat dich, liebster Karl, als
einen zarten Knaben mir genommen und dich
einem edlen Manne anvertraut, der dir aus der
reinsten Menschenliebe eine Erziehung gab, die ich
als Frau und als eine verlassene Wittwe dir un=
möglich so gut geben konnte, und die dir keine
Fürstin für Gold hätte besser verschaffen können.
Er hat dich als einen blühenden Jüngling mir
wieder zurück gegeben — und mir die Thränen
des Schmerzens, die ich über deinen Verlust weinte,
in Freudenthränen verwandelt. Er hat Alles
wohl gemacht und alle seine Wege sind die lautere
Weisheit und Liebe. O liebsten Kinder! laßt
uns Ihm danken und seine heilige Vorsehung in

Demuth und in tiefer Ehrfurcht anbeten!" Alle drei schwiegen mit tief gerührtem Herzen lange still, und nur ihr Herz sprach mit Gott. Auch Rosalie und Christine saßen mit gefalteten Händen, mit thränenvollen Augen, und mit einem Herzen voll Rührung und Andacht stillschweigend da und athmeten kaum.

„Welche Freude," sagte Karl nach einiger Zeit, „wird der edle Greis, mein zweiter Vater, empfinden, wenn er diese wunderbare Fügung vernimmt! Diese Nacht noch muß ich ihm diese Freudennachricht schreiben." Es war bereits Mitternacht, bis Karl auf sein Zimmer kam. Allein es wäre ihm unmöglich gewesen, zu Bette zu gehen. Er setzte sich an den Schreibtisch, der in dem Zimmer stand, und schrieb an seinen theuren Pflegevater, den ehrwürdigen Pfarrer, so ausführlich, so begeistert, daß er noch bei der brennenden Wachskerze saß und schrieb, als die goldene Morgenröthe bereits zum Fenster herein strahlte und das Kerzenlicht überflüssig machte.

Achtes Kapitel.

Karls Pflegevater.

Karl lebte auf seinem väterlichen Schlosse so vergnügt, als wäre er in den Himmel versetzt. Je mehr er seine Mutter kennen lernte, desto mehr mußte er die vortreffliche Frau verehren. Eben so mußte er seine Schwester, die unermüdet fleißig, und dabei immer fröhlich und freundlich war, mit jedem Tage mehr schätzen. Seine Ankunft in Waldheim hatte indeß noch eine andere glückliche Folge für ihn. Das Schloß, das vorhin das Eigenthum seiner Väter gewesen, war gegenwärtig nur mehr der Wittwensitz seiner Mutter; allein jetzt konnte er dieses Schloß wieder als sein väterliches Erbtheil zurück fordern, und die Bewohner unten in dem Dorfe und einigen benachbarten Weilern als seine künftigen Unterthanen ansehen. Seine Mutter führte ihn daher voll

Freude überall im Schloſſe herum, zeigte ihm
die Umgebungen des Schloſſes nebſt den Gütern,
die dazu gehörten, und redete mit ihm ſehr Vieles
über ſeine künftige ſchöne Beſtimmung, zum Glücke
der Bewohner dieſes kleinen Thales ſo Vieles
beitragen zu können.

Unter ſolchen Geſprächen ſaßen Frau von
Waldheim, Karl und Emilie einmal am Nach-
mittage auf der eichenen Bank, die, nebſt einem
ähnlichen ländlichen Tiſche, auf einem ſchönen, mit
Kies beſchütteten Platze vor dem äußern Thore
des Schloßhofes ſtand, und von zwei dichten Ka-
ſtanienbäumen beſchattet war. Da ſahen ſie einen
ehrwürdigen Greis mit ſchneeweißen Haaren und
ſchwarzer Kleidung auf ſich zukommen, der einen
ziemlich langen Reiſeſtab in der Hand führte und
einen dreifach aufgeſchlagenen Hut unter dem Arme
hielt. „Gott im Himmel! mein Pflegevater!“
rief Karl, indem er aufſprang und mit weit offenen
Armen auf ihn zu eilte. „Iſts möglich, Sie
ſind es, liebſter, beſter Herr Pfarrer! Wie kommen
Sie hieher?“

„Lieber Karl! theurer Pflegesohn!" sprach der Pfarrer; „sobald ich deinen Brief erhalten hatte, war ich sogleich entschlossen, ungeachtet meines hohen Alters die weite Reise hieher noch zu machen. Ich hielt aus wichtigen Gründen meine Gegenwart dahier für nützlich, ja für nothwendig. Auch war es mein lebhaftester Wunsch, die Mutter und Schwester meines lieben Pflegesohnes kennen zu lernen, und die Freude, die Gott allen Dreien beschert hat, nicht nur in weiter Ferne, sondern an Ort und Stelle zu theilen." Karl fiel ihm um den Hals, und die Mutter und Emilie konnten nicht Worte genug finden, dem edlen Manne ihre Dankbarkeit auszudrücken.

Der ehrwürdige Greis, den das Ersteigen des Berges ermüdet hatte, setzte sich nun zu ihnen auf die Bank. Frau von Waldheim bot ihm Erfrischungen an. Allein dem edlen Greise war es jetzt gar nicht um Speis und Trank. Er fing sogleich an mit eben so viel Einsicht als Rührung von den wunderbaren Wegen der göttlichen Vorsehung zu reden; er sagte hierauf, was nun

zu thun sei, damit der Landesfürst Karln als einen
jungen Herrn von Waldheim anerkenne; auch
sprach er noch sehr ausführlich davon, was Karl
noch Alles zu lernen habe, um ein weiser und
guter Vater seiner künftigen Unterthanen zu werden.

Indessen kamen Rosalie und ihre Tochter, wie
gewöhnlich, auf Besuch. Frau von Waldheim
stellte beide dem ehrwürdigen Pfarrer vor. „Sehen
Sie, mein lieber Herr Pfarrer," sagte sie, „dieses
da ist das gute Kind, das uns mit dem Lamme
ein so segenreiches Geschenk gemacht hat, und
hier ist ihre Mutter, die das Halsband mit den
drei entscheidenden Buchstaben geziert hat." Der
edle Pfarrer freute sich sehr, die gute Rosalie
und ihre Tochter kennen zu lernen, und grüßte
beide auf das freundlichste.

Frau von Waldheim trug nun Rosalien auf,
den Thee, nebst Brod und Butter, Wein und
Obst unter die Kastanienbäume herab zu bringen.
Emilie und Christine aber schlichen sich fort, zier=
ten das Lämmchen, das immer rein und weiß
war wie Schnee, mit Kränzen von frischem grünen

Laub und jungen, halbgeöffneten Rosen, legten ihm das goldgestickte Halsband an, und führten  es dem Herrn Pfarrer vor. Der freundliche Greis betrachtete es mit Wohlgefallen, streichelte es und sagte zu Frau von Wald=

heim und zu Emilien: „Sie haben mich mit den zwei werthen Personen, durch die Ihnen Gott ein so großes Glück bereitete, bekannt gemacht, und sogar das Lamm hier nicht vergessen, das, ohne es zu wissen, zu diesem Glücke so Vieles beige= tragen hat. Nun muß ich Sie aber auch noch den Mann kennen lehren, der nach Gott die vorzüglichste Ursache dieser erfreulichen Ereignisse war, und der das Größte that, was Menschen thun konnten, Ihrer aller Glück zu gründen. Ich meine jenen edelmüthigen Soldaten, der sich mit Gefahr seines eigenen Lebens muthig in den Rhein stürzte, und unsern ·lieben Karl hier, als ein zartes unmündiges Knäblein, aus den reißenden Fluthen glücklich herausholte."

„Der gute Mann hatte, seit dem er jene edle That vollbrachte, sehr Vieles auszustehen. Erlauben Sie, daß ich Ihnen das Wesentliche davon kurz erzähle. Er machte mehrere Feldzüge mit, hatte unsägliche Mühseligkeiten zu erdulden und wurde endlich schwer verwundet. Er und eine Menge anderer Verwundeter wurden auf Wagen geladen und weiter geführt. Nun traf sich's, daß der lange Zug von Wagen an dem Hause eines Wollfärbers vorbeikam, der außen vor dem Thore eines kleinen Städtchens nahe am Wasser wohnte. In diesem Hause war der brave Krieger ehemals einige Wochen im Quartier gelegen, und hatte dem Färber, dessen Wohnung dem Uebermuthe der Soldaten am meisten ausgesetzt war, ganz

ungemeine Dienste geleistet, und ihm Vermögen und Leben gerettet. Der Fär=ber schaute eben jetzt aus dem Fenster, die Wagen vorüber ziehen zu sehen — und erblickte unter den Verwundeten seinen ehemaligen Beschützer, der sich auf dem Wagen müh=

sam aufrichtete und sehnlich zu den Fenstern heraufsah. Augenblicklich eilte der Färber hinab, grüßte ihn, und bat den Offizier, der den Zug begleitete, den armen todtschwachen Mann ihm zu überlassen. Der Feldarzt ward gerufen und dieser erklärte, der Mann werde ohnehin, wie schon hundert Andere, das Militärspital nicht mehr erreichen und zuverläßig unterwegs sterben. Man solle ihn also ohne weiters in das Haus des barmherzigen Mannes bringen, so würde der arme Leidende wenigstens für seine letzten Augenblicke noch einige Erleichterungen finden."

„Der Färber nahm nun seinen ehemaligen Hausfreund und Wohlthäter voll des herzlichsten Mitleids in sein Haus auf. Die sorgfältigste Pflege und der Fleiß des geschickten Wundarztes im Orte retteten ihm wider alle Erwartung das Leben; nur blieb er noch lange Zeit so schwach, daß er nicht weiter reisen, auch keine etwas schwere Arbeit verrichten konnte. Der Färber, der ein reicher Mann war und ein sehr weitläufiges Ge= werbe hatte, behielt ihn aber sehr gerne bei sich,

und der dankbare Krieger, der eine sehr schöne
Handschrift hat, besorgte ihm seinen Briefwechsel
und führte ihm sein Handlungsbuch mit dem
größten Fleiße und mit der pünktlichsten Genauig=
keit. Beide gewannen einander immer lieber, und
lebten zusammen in wahrhaft brüderlicher Eintracht."

„Allein nun änderte sich auf einmal die Sache.
Der brave Soldat war kaum vollends hergestellt
und wieder zu Kräften gekommen, so starb der
ehrliche Färber sehr unvermuthet hinweg. Der
Tod hatte ihn zu schnell übereilt, sonst würde er
seinen Freund sicher in seinem Testamente bedacht
haben. Sein Vermögen fiel den Verwandten zu;
die Färberei wurde verkauft; die hartherzigen Erben
ließen den guten Mann mit leeren Händen ab=
ziehen. Er mußte sein Unterkommen weiter suchen.
Er wollte jedoch zuvor zu seinem Regimente reisen,
und, weil sein linker Arm etwas gelähmt blieb,
um seinen Abschied bitten. Der Weg führte ihn
nahe bei meinem Pfarrdorfe vorbei. Da regte
sich natürlich in seinem Herzen der Wunsch, zu
erfahren, was aus dem Kinde geworden sei, das

er einst aus dem Wasser gezogen hatte. Er be=
suchte mich — eben ein Paar Tage, nachdem
Karl abgereist war. Ich hatte eine große Freude,
den edelmüthigen Krieger wieder zu sehen, behielt
ihn bei mir, und sann nach, ob ich ihm nicht
irgendwo ein angemessenes Plätzchen verschaffen
könnte."

„Da kam Karls Brief — mit der unerwar=
teten Freudennachricht. Ich hielt es für sehr
zweckmäßig, den braven Mann mit hieher zu
nehmen. Denn für's Erste, dachte ich, wird sein
Zeugniß, daß er in jenem Jahre und an jenem
Tage ein Knäblein von etwa vier Jahren aus
dem Rheine zog, und es nebst einem Päcklein
mit dessen Kleidern, in dem sich jener Ring fand,
mir übergeben habe, sehr dienlich sein, zu er=
weisen, Karl sei wirklich der Sohn der gnädigen
Frau von Waldheim, von dem man glaubte, er
sei ertrunken. Fürs Zweite hoffte ich, Karl werde
gegen den Retter seines Lebens gewiß nicht un=
erkenntlich sein — zumal der brave Mann treu
wie Gold, im Schreiben und Rechnen sehr gewandt,

besonders aber ein trefflicher Forstmann ist, und dem künftigen Herrn von Waldheim in Verwaltung seiner Güter sehr nützliche Dienste leisten kann."

„O, wo ist er denn? Wo ist er?" riefen Frau von Waldheim, Karl und Emilie fast mit Einer Stimme.

Der Pfarrer wandte sich um, winkte einem ordentlich gekleideten Manne, der bescheiden in einiger Entfernung stand, nahm ihn bei der Hand, stellte ihn der gnädigen Frau vor, und sprach: „Hier ist er — mein guter, ehrlicher, vortrefflicher Johann West!"

„Johann West!" rief die arme Rosalie ganz außer sich. „O Gott, er ist mein Mann!" Sie flog in seine Arme; sie begrüßte ihn zitternd und bebend vor Freudenschrecken.

Alle erstaunten über diese neue Fügung der göttlichen Vorsehung. Der Mann aber stand wie versteinert da. Es währte lange, bis er sich in dieses unverhoffte Glück finden konnte und endlich in Freudenthränen ausbrach. Die hocherfreute

Rosalie rief nun ihrer Tochter zu: „O Christine, er ist dein Vater! O grüße ihn doch auch!" Christine, die bisher mit gefalteten Händen unbeweglich da gestanden, näherte sich ihm nun schüchtern, und er schloß sie unter heißen Thränen in seine Vaterarme. Alle drei hatten eine Freude — wie vor einigen Tagen Frau von Waldheim, Karl und Emilie sie gehabt hatten.

Nachdem sie sich von der ersten, ungestümen Freude erholt hatten, trat Karl herbei und umarmte den Retter seines Lebens mit unaussprechlicher Rührung. Die Frau von Waldheim und Emilie aber boten ihm freundlich die Hand, und überhäuften ihn mit Danksagungen und Lobeserhebungen. „Lieber West," sagte Frau von Waldheim, „Ihr, Eure Frau und Eure Tochter sollen von diesem Augenblicke an in dieses Schloß aufgenommen sein, und nie mehr von mir getrennt werden; und wenn ich, wie ich hoffe, meine Güter wieder zurück bekomme, so sollet Ihr eine solche Anstellung erhalten, mit der Ihr gewiß zufrieden sein werdet."

Neuntes Kapitel.

Die Frau von Waldheim hatte es nicht sogleich bekannt werden lassen, daß der fremde Jüngling, der sich auf ihrem Schlosse befand, ihr Sohn sei; sie wollte sich ihres Glückes einige Tage im Stillen ungestört freuen. Allein der Kutscher, der den Pfarrer und dessen Reisegefährten hergeführt, und seine Pferde unten im Wirthshause des Dorfes eingestellt hatte, plauderte Alles aus. Als er Abends die Kutsche wusch und die Pferde tränkte, kamen mehrere Leute aus dem Dorfe, die eben Feierabend gemacht hatten, herbei und fragten, wem die Kutsche gehöre? Denn eine fremde Kutsche war etwas Seltenes im Dorfe. Der Kutscher sagte: „Ich habe den Herrn Pfarrer hieher gefahren, der euren jungen gnädigen Herrn erzogen hat." „Ei was," riefen die Leute, „der junge Herr ist ja als ein Kind ertrunken!" „Nein," sprach der Kutscher, „er lebt, er ist

droben auf dem Schlosse. Er wurde von dem
Manne, der bei dem Herrn Pfarrer in der Kutsche
saß, aus dem Wasser gezogen; sonst wäre er frei=
lich ertrunken. Ich bin des Herrn Pfarrers sein
Knecht, und habe euern jungen Herrn, als er
noch klein war, viel hundert Mal auf dem alten
Braunen, den ihr da stehen sehet, mit auf den
Acker oder auf die Wiese reiten lassen. Der
Karl ist aber auch ein recht braver, lieber junger
Herr, und er hat auf mich, seinen alten Hanns,
immer recht viel gehalten! Ihr werdet Freude
an ihm haben und er wird euch zum Segen sein."

Die Nachricht, der Baron Karl, der droben
auf dem Schlosse geboren und in der Pfarrkirche
zu Waldheim getauft war, den aber seine Aeltern
einige Monate nach seiner Geburt mit sich fort
genommen, und den man schon lange für todt
gehalten, sei wieder gefunden, verbreitete sich so=
gleich durch das ganze Dorf. Alles im Dorfe,
Jung und Alt, lief voll Freuden dem Schlosse zu.
Da die Leute aber die Herrschaft auf der Bank
unter den Kastanienbäumen erblickten, blieben sie

in einiger Entfernung stehen. Es sammelte sich
ein dichtgedrängter Kreis von Vätern, Müttern
und Kindern — ohne daß die Herrschaft und die
übrige Gesellschaft in ihrer großen Freude es so=
gleich in Acht nahmen.

Die Frau von Waldheim bemerkte es zuerst,
und fragte: „Was wollen denn die vielen Leute?"
Die Köchin, die eben zum zweiten Male heißes
Wasser zum Thee brachte, weil das erstere kalt
geworden war, sagte: „Die Leute möchten gern
den jungen gnädigen Herrn sehen; sie haben es
den Augenblick erst erfahren, daß er da sei."

Der würdige Pfarrer sprach: „Das ist schön!
Das gefällt mir von den Leuten! Erlauben Sie,
gnädige Frau, daß ich den wackern Leuten meinen
Pflegesohn als ihren künftigen Gutsherrn vor=
stelle, und ihnen einige Worte an das Herz lege."
Der edle Greis nahm gerührt sein schwarzes
Sammetkäppchen von seinem ehrwürdigen schnee=
weißen Haupte, stand auf, trat etwas vorwärts,
blickte mit Thränen im Auge zum Himmel und
fing dann ganz begeistert an zu reden:

„Ihr Aeltern und Kinder, Ihr Väter und Müt=
ter, Söhne und Töchter, tretet näher, und sehet und
höret, was Gott Eurer gnädigen Herrschaft und
auch Euch für eine große Freude bereitet hat!"

„Gott, ohne dessen Wissen kein Sperling
vom Dache fällt und die Haare unseres Haup=
tes gezählt hat, ist wunderbar in seinen Wegen
und weiß Alles weislich zu fügen. Er, der Gott
der Wittwen und Waisen, der Vater aller Leidenden
und Bedrängten, lebt noch, und nimmt sich ihrer
stets, und oft so wunderbar an, daß wir es deutlich
mit Augen sehen und gleichsam mit Händen greifen
können. Nicht das geringste Gute läßt Er, der reiche
Vergelter, unbelohnt, und belohnt es oft schon hier
auf Erden auf eine herrliche, göttlichschöne Weise."

Der würdige Pfarrer erzählte nun die vor=
züglichsten Begebenheiten der Geschichte, die seinen
Zuhörern noch unbekannt waren, und fuhr dann
weiter fort.

„Seht, so herrlich belohnte Gott Eure edle
gnädige Frau — für ihre menschenfreundliche

Güte, mit der sie sich der armen, kranken Rosalie, die sich für eine Wittwe hielt und ihren Mann als todt beweinte, angenommen — so schön vergalt Er ihr, dieser wahrhaft gnädigen Frau, die Barmherzigkeit, die sie Rosaliens Tochter, der armen Christine, erwiesen hat! Gott gewährte ihr die größte Freude, die ihr in ihrem Wittwenstande werden konnte, und ließ sie ihren eigenen geliebten Sohn wieder finden!"

„Reichlich segnete Gott Fräulein Emilien hier für ihr Mitleid gegen ein armes Mädchen und für ihre freundliche Güte, die nichts von Stolz weiß. Sie begegnete der armen Christine so freundlich und liebreich, als wäre Christine ihre eigene Schwester — und Gott machte dem guten Fräulein dafür die unerwartete Freude, ihren eigenen lieben Bruder wieder zu finden."

„Herrlich belohnte Gott die arme Rosalie, daß sie die Leiden ihrer Krankheit und ihrer Armuth so geduldig ertrug, ihre Tochter so gut erzog, sie zur Redlichkeit, zur Dankbarkeit, zum Fleiße, zur Reinlichkeit und jeder anderen Tugend

anhielt. Diese gute Erziehung brachte der guten
Mutter jetzt schon die erfreulichsten Früchte und
verwandelte ihre Leiden in Freuden!"

„Schön vergalt Gott der guten Christine ihr
Mitleid gegen ein verlornes Lamm, ihren Gehorsam gegen ihre Mutter, die Redlichkeit, mit
der sie das Lamm dem Eigenthümer zurück gab,
die Dankbarkeit, mit der sie es dem Fräulein hier
zum Geschenke machte. Diese liebenswürdigen
Eigenschaften gewannen ihr die Zuneigung Eurer
gnädigen Frau und Fräulein Emiliens, waren die
Veranlassung, daß sie ihren Vater wieder fand
und werden sie auch fernerhin glücklicher machen,
als der reichste Brautschatz sie machen könnte."

Wie wunderbar führte Gott Euren jungen
gnädigen Herrn in die Arme der geliebten Mutter,
die ihn längst für todt hielt, zurück, um ihn für
seinen Fleiß, seinen Gehorsam, sein gutes Betragen
von der zartesten Kindheit an, zu segnen, sein
kindliches Gefühl gegen seine Mutter, die er nicht
kannte, zu belohnen, und sein herzliches, inniges
Gebet dort in dem Walde gnädig zu erhören!"

„Wie augenscheinlich belohnte Er die edle Handlung des wackern Kriegers hier! Ach, der gute Mann sprang voll herzlichen Erbarmens in das Wasser, um mit Gefahr seines eigenen Lebens dem Kinde einer trauernden Wittwe das Leben zu retten. Dafür erbarmte sich Gott auch über desselben Weib und Kind, rettete sie aus Noth und Mangel, erweckte edle Herzen, die sich ihrer gütig annahmen, und ließ ihn Mutter und Kind, von denen er ungeachtet aller seiner Nachforschungen nichts mehr erfragen konnte, wieder finden! Vater, Mutter und Kind sehen nun nach vielen überstandenen Leiden ruhigern und glücklichern Tagen entgegen."

„Und dieses Alles führte Gott durch dieses Lamm hier aus, das als ein liebliches Bild der Unschuld, weiß wie Lilien, und mit jungen Rosen geschmückt, in Eurer Mitte steht. Er, der liebe Gott, ließ es verloren gehen; Er leitete Christinens Tritte, daß sie es fand; Er bewegte das Herz des ehrlichen Landmannes, es ihr zu überlassen; Er gab Christinen und ihrer Mutter in den Sinn, es Emilien zu schenken; Er führte das Lamm

gleichsam an der Hand dem reisenden Jünglinge
zu, um ihn in die Arme der geliebten Mutter zu
führen. Er setzt ihn durch ein Lamm wieder in
seine Güter ein, und bereitet dadurch auch Euch
ein großes Glück. Denn ich kann Euch versichern,
Karl ist ein edler, hoffnungsvoller Jüngling. Er
fürchtet Gott und liebt die Menschen. Er wird
Euch und Euren Kindern ein guter milder Herr sein."

„Und sollte nun Gott, der den Lebenslauf
eines Lammes so sicher leitet, den eurigen außer
Acht lassen können? O mit mehr Liebe und Mit=
leid, als Christine das Lamm hier aufnahm, trägt
Er Euch alle am Herzen."

„Meine geliebten Freunde! Wie könnte ein
Diener des Evangeliums ein Lamm sehen, ohne
daß ihm Derjenige zu Sinne käme, der gleich
einem schuldlosen Lamme zum Besten seiner lieben
Menschen verblutete und der sich selbst öfter einem
guten Hirten verglich! Ja, Er, dessen Diener ich
bin, dessen Evangelium ich predige, ist der ewig
treue, liebevolle Hirt unser Aller. Er kennet alle
seine Schafe, Er nennet sie mit Namen, Er ruft

sie mit sanfter Stimme, Er lenkt sie mit seinem mil-
den Hirtenstabe, Er beschützt sie vor Gefahren, Er
weidet sie, Er sucht die verlornen auf; Er möchte jedes gleichsam auf seinen Schultern in den Himmel
tragen! Vertrauet Ihm daher von ganzem Herzen!"

„Laßt uns aber auch seine Stimme hören und
Ihm folgen, und Gutes thun, so viel wir können.
Denn seht, Gott bedient sich unserer guten Handlungen, uns und Anderen große Freude, Segen
und Heil zu bereiten. Hätte zum Beispiele Eure
gnädige Frau gegen die arme, kranke Rosalie sich
nicht so wohlthätig erzeigt; wäre Emilie gegen
die arme Christine nicht so freundlich gewesen, ja
hätte sie ihr auch nur das kleine Halstuch nicht
geschenkt; hätte Christine etwa aus Eigennutz Emilien das Lamm nicht schenken mögen; oder hätte
Christinens Mutter nicht aus herzlicher Dankbarkeit das schöne Halsbändchen gestickt; hätte Karl
nicht eine so kindliche Liebe zu seiner Mutter gehabt, sich nicht so nach ihr gesehnt, dort im Walde
nicht so innig gebetet: so wäre Alles nicht so gegangen, und der heutige Tag wäre nicht für uns

Alle ein so großer Freudentag geworden. So
bringt alles, auch das kleinste Gute, das wir
thun, reichen Segen über uns und Andere. Edle
Handlungen sind Perlen, die Gottes heilige Vor-
sicht nicht verloren gehen läßt, sondern sie gleichsam
an eine Schnur reihet; gute Thaten sind goldene
Ringe, aus denen Gott eine goldene Kette herrlicher
und erfreulicher Begebenheiten zusammen fügt."

„Ihr aber, meine lieben Kinder," beschloß der
Pfarrer seine Anrede, indem er sich zu den Kindern
wandte, „ihr Größern, die ihr mir so aufmerksam
zugehört habt, und ihr Kleinern, die ihr nur nach dem
niedlichen weißen Lämmchen hinblickt, das so schön mit
Rosen geschmückt in eurer Mitte steht — o euch
alle wolle Gott segnen — und geben, daß ihr alle
so unschuldig bleibet, wie ein Lamm, und so sanft und
geduldig wie ein Lamm, wenn ihr, wie manches arme
Lämmchen, unter rauhe Hände fallen solltet. Er, der
das Leben für seine Schäflein gab, wolle euch in seinen
Armen und an seinem Herzen tragen; Er wolle euch
in seinen mächtigen Schutz nehmen, wenn das Verderben eurer Unschuld droht, wie ein grimmiger Wolf

einem sanften, schuldlosen Lamme. Ihr holden Kleinen seid ja auch die Schäflein seiner Heerde! Er wolle euch ewig nicht seinen Händen entreißen lassen."

So redete der Pfarrer; sein Angesicht war von den Strahlen der untergehenden Sonne beleuchtet, und sein ehrwürdiges weißes Haar glänzte in dem hellen Abendschimmer. Er stand da mit

seinen zum Himmel gerichteten Blicken voll Thränen wie verklärt — und Alle, die ihn hörten, hatten Thränen in den Augen und neues Vertrauen auf den Gott, der Alles wohl macht, kam in ihr Herz, und erquickte es sanft, wie der Thau, der bereits die Blumen im Thale erfrischte. Die guten Landleute gingen alle gerührt und voll guter Vorsätze nach Hause. „Das ist schön gewesen!" sagten sie auf dem Heimwege zu einander, „und eine solche allgemeine Freude ist wohl, seit das Dorf steht, noch nicht erlebt worden."

Zehntes Kapitel.
Ein Kinderfest.

Die Frau von Waldheim reisete nun mit Karl
in die Residenz, stellte diesen ihren wieder
gefundenen Sohn dem Fürsten vor, und bat um
die Wiedereinsetzung in ihre Güter. Der ehr=
würdige Pfarrer und der wackere West waren auch
mit gekommen, um durch ein vereintes Zeugniß
zu beweisen, Karl sei wirklich ein junger Herr
von Waldheim. Der Fürst hörte sie sehr gnädig
an, fand die vorgebrachten Beweise vollkommen
hinreichend und befahl, die Güter unverzüglich
ausfolgen zu lassen; verordnete jedoch, daß die
Frau von Waldheim, so lange bis Karl das ge=
setzliche Alter erreicht haben würde, die Verwalt=
ung der Güter übernehmen solle.

Voll Freude kam Frau von Waldheim mit
ihrer Reisegesellschaft zurück auf ihr Schloß. Der

würdige Pfarrer reisete nach ein Paar Tagen
unter den dankbaren Thränen der Frau von
Waldheim, Karls und Emiliens ab, um sich wie=
der zu seiner geliebten Pfarrgemeine zu begeben.
Karl bezog, reichlich ausgestattet und unter glänzen=
dern Umständen als vorhin, die hohe Schule. Den
trefflichen West aber ernannte die gnädige, nunmehr
wieder gebietende Frau, nachdem er seiner Kriegs=
dienste entlassen war, zu ihrem Rentmeister, und über=
gab ihm, als einem sehr geschickten Forstmanne, zu=
gleich die Oberaufsicht über die Waldungen, die zu
dem Gute gehörten und sehr ansehnlich waren.

Nachdem Karl seine Studien rühmlichst voll=
endet, dann zu seiner weiteren Belehrung und
Bildung eine große Reise gemacht, und nunmehr
seine Herrschaft übernommen hatte, saß er eines
Abends mit seiner Mutter und mit Emilien, die
nun eine erwachsene schönblühende Jungfrau war,
auf der eichenen Bank nächst dem Schloßthore.
Es wurden eben die Schafe eingetrieben, deren
Frau von Waldheim sehr viele angeschafft hatte.
Auch jenes Lamm hatte sich zu einer kleinen Heerde

vermehrt, die aber von Emilie als ihr besonderes Eigenthum betrachtet wurde. Karl und Emilie unterhielten sich damit, die Schafe und Lämmer zu zählen. „Nun Kinder," fing die Frau von Waldheim an, als die Heerde vorbei getrieben war, „können wir den Gedanken ausführen, mit dem ich Euch schon längst bekannt gemacht habe. Die Heerde ist jetzt zahlreich genug. Morgen ist es abermals ein Jahr, daß Gott mir und Euch, meine lieben Kinder, durch jenes Lamm eine so unbeschreibliche Freude gemacht hat, an der alle Aeltern und Kinder unserer kleinen Gutsherrschaft den herzlichsten Antheil genommen haben. Der morgige Tag soll daher ein allgemeines Kinderfest werden für das ganze Dorf und alle dazu gehörige Orte. Ja, auch die Aeltern sollen nicht leer ausgehen." Frau von Waldheim ging nun mit Karl und Emilien in den Schloßhof, suchte eine Anzahl der schönsten Schafe heraus und befahl dem Schäfer, sie besonders einzuschließen. Am folgenden Morgen gebot sie den Mägdlein im Schlosse, die Schafe reinlich zu waschen, und die Mägde wetteiferten, es nur recht schön zu machen.

Die Schafe wurden fast so weiß wie Schnee, und Emilie und Christine schmückten sie überdieß noch mit rosenfarbenen Bändern.

Frau von Waldheim ließ nun alle Kinder des Dorfes und des umliegenden Thales, die in die Schule zu Waldheim gingen, einladen, Nachmittags um zwei Uhr auf das Schloß zu kommen. Die Kinder, Knaben und Mägdlein, kamen mit tausend Freuden, und waren wohl schon eine Stunde früher in ihrem schönsten Aufputze vor dem Schloßthore versammelt. Zur bestimmten Zeit wurden sie in den Schloßhof gerufen. Und sieh — da stand zu ihrem Erstaunen eine lange Tafel, fast so lang, als der Schloßhof, und auf der Tafel erblickten sie, zu ihrer nicht geringen Freude, große schöne Kuchen, blinkende Schüsseln, aufgehäuft voll mit allerlei Backwerk, und zierliche Körbchen, aus denen ihnen Aepfel, Birnen und Pflaumen, roth, gelb und blau entgegen lachten. Auch standen einige große gläserne Flaschen mit dunkelrothem Methe dazwischen. Die Kinder mußten nun auf den langen Bänken zu beiden Seiten des Tisches, und zwar auf einer Seite die Knaben und auf der andern die Mädchen, Platz nehmen, und es wurde ihnen von Allem reichlich vorgelegt. Da sah man nun lauter fröhliche Gesichter. Die Kinder ließen es sich recht wohl schmecken, und vergaßen auch nicht von dem süßen Methe auf die Gesundheit der gnädigen Frau, Karls und Emiliens zu trinken.

Nachdem alle satt waren, ertönten auf einmal fröhliche Schallmeien. Die Söhne des Schäfers zogen mit dieser ihrer ländlichen Musik in den Schloßhof; die reinliche, schön geschmückte Schaf= heerde folgte ihnen, und der alte Schäfer machte den Beschluß. Die Kinder hatten an den schönen Schafen große Freude, und bald rief dieses, bald jenes: „O wie schön! So schöne blüthenweiße Schafe, die mit so schönen rothen Bändern ge= ziert sind, haben wir noch nie gesehen." Aber wie groß war erst die Freude der Kinder, als sie hörten, die Schafe sollten unter sie vertheilt wer= den, und die Kinder jedes Hauses sollten zu= sammen ein Schaf bekommen. Die Frau von

Waldheim wollte die Schafe durch das Loos ver=
theilen lassen, um die Vertheilung unterhaltender
zu machen und jeden Schein von Parteilichkeit
zu vermeiden. Jedes Schaf hatte ein Blatt mit
einer Nummer anhängen. In einem großen ir=
denen Topfe befanden sich auf zusammen gerollten
Blättchen eben die Nummern, wie an den Schafen.
Nun mußte ein Kind nach dem andern eine Nummer
ziehen, und sobald es gezogen hatte, erschallten
die Schallmeien und spielten so lange fort, bis
das Schaf mit eben derselben Nummer aus der
Heerde herausgefunden war. Die Begierde der
Kinder bei dem Ziehen, die Erwartung, welches
Schaf dem ziehenden Kinde zu Theil werden würde,
die Freude des Kindes, wenn ihm das Schaf wirk=
lich übergeben wurde, lassen sich gar nicht be=
schreiben. Der ganze Schloßhof war voll Jubel.

Nachdem die Schafe alle vertheilt waren, zogen
die Kinder damit hinab in das Dorf. Die
Schäferssöhne mit ihren helltönenden Schallmeien
gingen voran, die Schafe von den Kindern be=
gleitet folgten, und der alte Schäfer beschloß den

Zug. Gleichsam im Triumphe zogen sie in dem Dorfe ein. Als die Leute die Schallmeien und das Jubeln der Kinder hörten, und die schönge= schmückten Schafe erblickten, wunderten sie sich sehr, was doch dieses Alles zu bedeuten habe. Allein da sie vernahmen, daß die gnädige Herr= schaft die Kinder so gütig beschenkt habe — da hätte ihre Freude kaum größer sein können. Viele Aeltern vergoßen über die wohlthätigen Gesinn= ungen ihrer gnädigen Herrschaft Freudenthränen.

In jene Häuser, wo sich kein Schulkind be= fand, schickte Frau von Waldheim dennoch ein Schaf hin; den wackern Bauersleuten aber, die einst die arme Rosalie so liebreich in ihr Neben= häuschen aufgenommen hatten, schenkte sie zehn Schafe. Auch den ehrlichen Bauern und die gute Bäuerin auf dem Eichhofe, die einst der kleinen Christine jenes Lamm geschenkt und sie so freund= lich zum Nachteßen eingeladen hatten, vergaß sie nicht. Da diese Leute sehr reich waren, und noch immer Schafe genug hatten, so ließ sie auf den folgenden Sonntag beide zum Mittageßen ein=

laden, und der Bauer versicherte öfter, diese Ehre schätze er viel höher, als wenn die gnädige Frau ihm hundert Schafe geschenkt hätte.

Am andern Morgen kamen alle Hausväter aus dem Dorfe in ihren Sonntagskleidern auf das Schloß, der gnädigen Herrschaft für die erzeigte Wohlthat zu danken. Nun nahm Karl das Wort und sagte: „Liebe Männer! Ihr wißt, als ein armer Jüngling, der beinahe nichts hatte, als seinen Stab, wanderte ich einst durch diese Gegend. Durch ein Lamm half mir Gott wieder zu meinem väterlichen Erbtheile, und machte mich so glücklich, der Gutsherr von Euch lieben Leuten zu werden. Meine Mutter, meine Schwester und ich wünschten, daß die Wohlthat, die Gott uns durch ein Lamm erwies, auch noch für unsere und Eure Nachkommen unvergeßlich bleiben, und ihnen noch zum Segen werden möchte. Hört deßhalb, was wir beschlossen haben!"

„Das Recht, in unserem Dorfe hier Schafe zu halten, gehörte bisher ausschließungsweise der Herrschaft zu. Dieses Recht sollt ihr von dem heutigen Tage an nun Alle genießen. Deßwegen gab meine Mutter Euren Kindern zu einem kleinen Anfange die Schafe. Gott wolle sie Euch segnen!"

„Ich hoffe, Euer Ackerbau soll durch die Schafzucht sehr verbessert werden, nach dem alten Sprichworte: die Fußtritte der Schafe verwandeln sich in Gold. Aber auch den Aermern, die keinen Acker haben, wird wenigstens Wolle und Milch sehr gut kommen."

„Ich werde die Anstalt treffen, daß die Wolle, die wir gewinnen, sogleich in unserm Dorfe verarbeitet werde, und ich hoffe, es soll noch der Tag kommen, daß die Kleider aller Bewohner meiner Herrschaft von selbst gewonnener Wolle verfertigt sein werden. Gott gebe seinen Segen dazu!"

Karls Wunsch ging auch vollkommen in Erfüllung. Die arme Rosalie, nunmehr Frau Rentmeisterin, und ihre Tochter Christine gaben Unterricht im Wollspinnen und Stricken. Ein Tuchmacher, ein Hutmacher und ein Strumpfwirker zogen auf Karls Veranstaltung in das Dorf.

Es wurden sehr schöne Tücher von allen Farben
und auch sehr gute Hüte und Strümpfe ver=
fertigt. Karl bemerkte oft mit Rührung, wie
Groß und Klein im Dorfe vom Haupte bis zu
den Füßen mit selbst gewonnener und verfertigter
Kleidung versehen waren, und wie alle Getreid=
felder des ganzen Thales in einen blühenderen
Zustand kamen und reichlichere Früchte trugen.

Emilie verlegte sich noch besonders auf die
Stickerei mit gefärbter Wolle. Sie hatte von ihrer
kleinen Heerde einen Vorrath an Wolle gesammelt,
die von sehr feiner Art war. Der Rentmeister
West legte ganz unerwartet ein neues Talent an
den Tag. Er hatte von seinem Färber gelernt,
der Wolle alle Farben, und jeder Farbe alle
mögliche Abstufungen zu geben, von dem hellsten
Lichte bis zum dunkelsten Schatten. Emilie war
daher in den Stand gesetzt, ganz vorzüglich schöne
Stickereien zu verfertigen. Karl machte dazu die
Zeichnungen und Christine leistete ihr dabei treff=
liche Hülfe. Sie stickten bunte Blumenkränze
und niedliche Körbchen voll Blumen von allen

Farben, große Rosensträuche, die mit halb und ganz aufgeblühten Rosen und reichlichem grünen Laube prangten, ja ganze Landschaften, in denen Baumschläge, Felsen, Wasserfälle und dergleichen zu sehen waren, und die mit Gewinden von Reblaube und gelbgrünen und purpurblauen Trauben dazwischen oder mit andern schönen Verzierungen eingefaßt waren. Emilie richtete so nach und nach ein ganzes Zimmer im Schlosse sehr schön ein. Der Teppich auf dem Tische, die Ueberzüge der Sessel und des Kanapees und auch der Fußteppich waren auf diese Art gestickt, und wer hineintrat, erstaunte über die Pracht der lebhaften Farben, die Richtig= keit der Zeichnung, und die kunstreiche Schattirung.

Da alle die schöngefärbte Wolle, die dazu verwendet worden, ursprünglich von jenem einzigen Lamme herkam, so machte Karl, nunmehr gnä= diger Herr von Waldheim, eine sehr schöne, große Zeichnung, in der er den ihm unvergeßlichen Augenblick abbildete, in dem er Mutter und Schwester vermittelst des Lammes wieder ge= funden. Ganz im Vordergrunde auf der Felsen-

bank unter den Eichen zeichnete er seine Mutter
nebst ihrer Gesellschafterin Rosalie. Weiterhin in
dem Walde erblickte man Emilie und Christine
und ihn selbst, und in ihrer Mitte befand sich
das Lamm. Er hielt in einer Hand den Ring
und deutete mit dem Zeigefinger der andern Hand
auf die goldenen Buchstaben, die auf dem rothen
Halsbande des Lämmchens deutlich zu sehen waren.
Emilie aber zeigte mit ausgestrecktem Arme nach
der Gegend hin, wo ihre Mutter saß, als wollte
sie sagen: „Dort ist sie!" Karl malte die Zeich=
nung mit sehr lebhaften Farben vortrefflich aus,
und die sehr kenntlichen Personen auf dem Bilde,
die nebst dem Lamme von der untergehenden
Sonne kräftig beleuchtet waren, machten zwischen
den dunkeln Schatten des Waldes eine unver=
gleichliche Wirkung. Er hängte das Gemälde,
in einen goldenen Rahmen gefaßt, in dem Zimmer
auf, nachdem er zuvor mit goldenen Buchstaben
die drei Worte darunter geschrieben hatte:

„Unter Gottes Leitung!"

www.ingramcontent.com/pod-product-compliance
Lightning Source LLC
Chambersburg PA
CBHW020802020726
47495CB00008B/2550